Un crimen dormido

Biblioteca Agatha Christie

Agatha Christie

Un crimen dormido

Traducción de Alberto Coscarelli

ESPASA

Espasa, un sello editorial de Editorial Planeta, S. A.
Avda. Diagonal, 662-664, 08034 Barcelona (España)
www.espasa.com
www.planetadelibros.com

Publicado de acuerdo con Grupo Planeta Argentina S.A.I.C.

Diseño de la cubierta: Booket / Área Editorial Grupo Planeta
Ilustración de la cubierta: © David Sierra
Primera edición en Colección Booket: junio de 2025
Segunda impresión: febrero de 2026

Depósito legal: B. 8.584-2025
ISBN: 978-84-670-7764-3
Impreso en España

Biografía

Agatha Christie es conocida en todo el mundo como la Dama del Crimen. Es la autora más publicada de todos los tiempos, tan solo superada por la Biblia y Shakespeare. Sus libros han vendido más de dos mil millones de ejemplares en todo el mundo. Escribió un total de ochenta novelas de misterio y colecciones de relatos breves, más de veinticinco obras de teatro y seis novelas escritas con el pseudónimo de Mary Westmacott. Probó suerte con la pluma mientras trabajaba en un hospital durante la Primera Guerra Mundial, y debutó en 1920 con *El misterioso caso de Styles*, cuyo protagonista es el legendario detective Hércules Poirot, que luego aparecería en treinta y tres libros más. Alcanzó la fama con *El asesinato de Roger Ackroyd* en 1926, y creó a la ingeniosa Miss Marple en *Muerte en la vicaría*, publicado por primera vez en 1930. Se casó dos veces, una con Archibald Christie, de quien adoptó el apellido con el que es conocida mundialmente como la genial escritora de novelas y cuentos policiales y detectivescos, y luego con el arqueólogo Max Mallowan, al que acompañó en varias expediciones a lugares exóticos del mundo que después usó como escenarios en sus novelas. En 1961 fue nombrada miembro de la Real Sociedad de Literatura y en 1971 recibió el título de Dama de la Orden del Imperio Británico, un título nobiliario que en aquellos días se concedía con poca frecuencia. Murió en 1976 a la edad de ochenta y cinco años. Sus misterios encantan a lectores de todas las edades, pues son lo suficientemente simples como para que los más jóvenes los entiendan y disfruten, pero a la vez muestran una complejidad que las mentes adultas no consiguen descifrar hasta el final.

www.agathachristie.com

Capítulo 1

Una casa

Gwenda Reed permanecía de pie, al borde del muelle, temblando de frío.

Los muelles, los cobertizos de la aduana y todo lo que alcanzaba a ver de Inglaterra se balanceaban con suavidad.

Fue en este momento cuando tomó la decisión, una decisión que tendría consecuencias extraordinarias: no iría a Londres en tren como había planeado.

Después de todo, ¿por qué tenía que hacerlo? Nadie la estaría esperando. Acababa de bajar de un barco al que las olas habían zarandeado a placer (había soportado tres días de mar gruesa mientras cruzaban la bahía hasta Plymouth) y lo último que deseaba ahora era subirse a un tren que seguramente se balancearía tanto como el barco. Iría a un hotel, a un edificio sólido y firme, con los cimientos bien hondos en la tierra, y se metería en una cómoda y sólida cama que no se balanceara ni crujiera. Dormiría cuanto le apeteciera y, a la mañana siguiente... ¡Por supuesto, una magnífica idea! Alquilaría un coche y conduciría despacio, sin apresurarse para nada, a través del sur de Inglaterra, tratando de encontrar una casa, una bonita, la casa que ella y Giles habían decidido que ella buscaría. Sí, era una idea magnífica.

De ese modo, vería algo de Inglaterra, la Inglaterra de la que Giles le había hablado tanto y que ella no había visto nunca, aunque, como la mayoría de los neozelandeses, ella decía que era su patria.

En este momento, Inglaterra no tenía un aspecto especialmente atractivo. El día era gris, amenazaba lluvia y soplaba un viento fuerte y frío. Plymouth, se dijo Gwenda, mientras avanzaba obediente en la cola para presentar el pasaporte, no era, con toda probabilidad, lo más bonito de Inglaterra.

Sin embargo, a la mañana siguiente, sus sentimientos habían cambiado por completo. Brillaba el sol. La vista desde la ventana era agradable y el universo en general había dejado de zarandearse. Se había estabilizado. Esto era Inglaterra y aquí estaba ella, Gwenda Reed, una joven casada con veintiún años, de viaje por el país. El regreso de Giles a Inglaterra era incierto. Quizá la seguiría al cabo de unas pocas semanas, aunque también podía llegar dentro de seis meses. Le había sugerido a Gwenda que se adelantara para buscar una casa adecuada. Ambos creían que sería bonito tener una residencia permanente en alguna parte. El trabajo de Giles siempre lo obligaba a viajar de vez en cuando. Si las condiciones eran las adecuadas, ella lo acompañaba, pero no siempre sería ese el caso. Sea como sea, a ambos los atraía la idea de tener un hogar, un lugar propio.

Giles había heredado hacía poco el mobiliario de una tía y, por consiguiente, todo hacía que la idea les pareciera sensata y práctica.

Dado que la situación económica de Gwenda y Giles era buena, el proyecto no presentaba grandes dificultades.

A Gwenda no le había hecho mucha gracia la idea de tener que encargarse ella sola de buscar una casa. «Tendríamos que hacerlo juntos», había dicho, pero Giles le había replicado alegremente: «No creo que sea de mucha ayuda en eso de elegir casa, pero si quieres que lo haga, lo haré. Por supuesto, ha de tener un poco de jardín, que no sea una de esas horribles casas modernas, ni tampoco demasiado grande. Pensaba en algún lugar en el sur, junto a la costa. En cualquier caso, que no esté demasiado tierra adentro».

«¿Tienes preferencia por algún lugar?», había preguntado ella, pero Giles le había dicho que no. Se había quedado huérfano de niño (los dos eran huérfanos) y había pasado los veranos en casa de diversos parientes. Por lo tanto, no sentía apego por ningún lugar determinado. Sería la casa de Gwenda. En cuanto a lo de esperar para escogerla juntos, ¿y si por algún motivo tuviera que quedarse otros seis meses? ¿Qué haría Gwenda durante todo ese tiempo? ¿Vivir en hoteles? No, tendría que buscar una casa e instalarse allí.

«Lo que quieres en el fondo es que cargue con todo el trabajo», le había reprochado Gwenda en un tono divertido.

Pero le gustaba la idea de buscar una casa y convertirla en un hogar cómodo y acogedor para cuando llegara Giles.

Llevaban tres meses casados y ella lo quería muchísimo.

Desayunó en la cama y después se puso en marcha. Dedicó el día a pasear por Plymouth, que le gustó mucho. Al día siguiente, alquiló un lujoso Daimler con chófer y comenzó su viaje por el sur de Inglaterra.

Hacía buen tiempo y disfrutó muchísimo del viaje. Vio varias posibles residencias en Devonshire, pero ninguna acabó de convencerla. No tenía prisa. Seguiría buscando. Aprendió a leer entre líneas en los entusiastas anuncios de las agencias inmobiliarias, cosa que le permitió ahorrarse unas cuantas visitas inútiles.

Fue a última hora de la tarde de un martes, una semana más tarde, cuando su coche comenzó a bajar por la carretera que conducía a Dillmouth. Desde lo alto de la colina se gozaba de una excelente vista de la localidad veraniega, que seguía teniendo el encanto de siempre. En las afueras, vio un cartel de SE VENDE en una verja y, entre los árboles del jardín, atisbó una pequeña casa blanca de estilo victoriano.

Gwenda experimentó en el acto una sensación de aprecio, casi de reconocimiento. ¡Esta era su casa! Estaba segura. Se imaginó el jardín, los grandes ventanales. No cabía duda de que esta casa era lo que estaba buscando.

Como era muy tarde, se alojó en el Royal Clarence Hotel, y, a la mañana siguiente, fue a la agencia inmobiliaria encargada de la venta. Allí le dijeron que podría visitar la casa cuando quisiera.

Ahora se encontraba en un anticuado salón rectangular con dos grandes puertas acristaladas que se abrían a una terraza y a una parte del jardín que descendía bruscamente. A través de los árboles próximos a la verja se veía el mar.

«Esta es mi casa —pensó Gwenda—. Es mi hogar. Ahora mismo siento como si conociera hasta el último rincón.»

Se abrió la puerta y entró una mujer alta de expresión melancólica, que parecía estar muy resfriada.

—¿Mrs. Hengrave? —preguntó Gwenda—. Traigo una autorización de Galbraith y Penderley para visitar la casa. Lamento presentarme tan temprano...

Mrs. Hengrave sorbió por la nariz, manifestó con voz triste que no tenía importancia, y comenzaron el recorrido por la casa.

Sí, no estaba nada mal. No era demasiado grande. Un tanto anticuada, pero se podía construir allí un par de baños más y modernizar la cocina cambiando el fregadero e instalando los electrodomésticos necesarios.

Mientras Gwenda pensaba en las reformas, Mrs. Hengrave recitaba con voz monocorde los detalles de la enfermedad que se había llevado al comandante Hengrave a la tumba. La muchacha la escuchaba con un oído y no dejaba de hacer los sonidos adecuados de condolencia y comprensión. Todos los parientes de Mrs. Hengrave vivían en Kent; ella no veía la hora de marcharse para estar con ellos; al comandante siempre le había gustado mucho Dillmouth; había sido secretario del club de golf durante muchos años. Pero, en cuanto a ella...

«Sí..., por supuesto..., terrible para usted..., muy natural... Sí, las residencias son así... Desde luego..., usted debe de estar...»

Mientras tanto, la otra mitad de Gwenda seguía a lo

suyo: supongo que este es el armario de la ropa blanca... Sí, una habitación doble con una bonita vista al mar. A Giles le gustará. Este es un cuarto que puede resultar muy útil. Giles lo podría usar como vestidor... El baño..., espero que la bañera esté revestida en caoba... ¡Oh, sí! ¡Es preciosa y está en el medio! ¡No la cambiaré, es una pieza de época!

¡Una bañera inmensa! Llena de agua y con un par de veleros de juguete y unos cuantos patos de goma, sería como estar en el mar. Ya sé: convertiremos aquella habitación tan oscura en un par de aseos modernos, pintados de verde y con las tuberías cromadas. Pasaremos los tubos por el techo de la cocina y no tocaremos este baño para nada.

—Una pleuresía —afirmó Mrs. Hengrave—, que acabó convirtiéndose en una pulmonía doble al tercer día.

—Terrible —opinó Gwenda—. ¿Hay otro dormitorio al final de este pasillo?

Lo había, y era precisamente el tipo de habitación que se había imaginado: casi redonda, con un gran ventanal que hacía las veces de mirador. Por supuesto, habría que pintarla. No estaba mal, pero ¿por qué las personas como la señora Hengrave eran tan aficionadas a la pintura de color mostaza?

Volvieron por el mismo pasillo. Gwenda murmuró: «Seis, no, siete dormitorios, contando el pequeño y el ático».

Las tablas del suelo crujieron un poco bajo sus pies. ¡Ya tenía la sensación de que era ella y no la señora la que vivía aquí! Mrs. Hengrave era una intrusa, una mujer que pintaba las habitaciones de color mostaza y a quien le gustaba tener una cenefa de flores en el salón.

Gwenda echó una ojeada a la hoja que tenía en la mano, donde aparecían los detalles de la propiedad y el precio que pedían.

Gwenda tan solo había necesitado unos pocos días para convertirse en una experta en precios inmobiliarios. La suma que pedían no era elevada. Por supuesto, la casa necesitaba reformas, pero incluso así... No pasó por alto las palabras: «Precio por convenir». Mrs. Hengrave debía de tener muchas ganas de irse a Kent y vivir cerca de «su gente».

Bajaban la escalera cuando, de repente, Gwenda se sintió dominada por un terror irracional. Fue una sensación terrible que desapareció casi con la misma rapidez con la que había aparecido. Así y todo, esto le sugirió una nueva idea.

—La casa no estará embrujada, ¿verdad? —preguntó Gwenda.

Mrs. Hengrave, un escalón más abajo, acababa de llegar en su relato al momento en que el comandante Hengrave agonizaba, así que la miró ofendida.

—No que yo sepa, Mrs. Reed. ¿Por qué? ¿Alguien le ha comentado algo por el estilo?

—¿Nunca ha oído o visto alguna cosa? ¿Aquí ha muerto alguien?

Se dio cuenta en el acto de que había sido una pregunta desafortunada, porque seguro que el comandante Hengrave...

—Mi esposo murió en la clínica Santa Mónica —respondió la mujer con tono desabrido.

—Sí, sí, por supuesto. Ya me lo dijo.

Mrs. Hengrave continuó más o menos con el mismo tono glacial:

—La casa se construyó hace un siglo, es normal que se produzcan algunos fallecimientos. Miss Elworthy, a quien mi querido esposo le compró esta casa hace siete años, gozaba de una salud excelente. Se marchó al extranjero para trabajar en una misión y, que yo recuerde, no mencionó ningún fallecimiento reciente en su familia.

Gwenda se apresuró a calmar a la melancólica mujer. Ahora se encontraban otra vez en el salón. Era una habitación tranquila y encantadora, con la calidez que deseaba la joven. El terror experimentado unos instantes antes le parecía ahora absolutamente incomprensible. ¿Qué le había pasado? No había nada malo en esta casa.

Le preguntó a Mrs. Hengrave si podía echar un vistazo al jardín y después salió a la terraza por una de las puertas acristaladas.

Aquí harían falta unos escalones, pensó Gwenda. Tenía la intención de contemplar el mar, pero se encontró con que las matas de forsitias no dejaban ver nada. También tendría que ocuparse de ponerle remedio a esto.

Siguió a Mrs. Hengrave hasta el otro extremo de la terraza, donde sí había unos escalones que permitían bajar al césped. Se fijó en que las plantas que crecían entre las rocas estaban descuidadas y que la mayoría de los arbustos necesitaban una poda urgente.

La dueña de la casa se disculpó por el estado del jardín. Solo podía permitirse pagar a un hombre para que lo arreglara dos veces por semana y, en muchas ocasiones, ni siquiera venía.

Recorrieron el huerto, pequeño pero bien surtido, y regresaron a la casa. Gwenda explicó que aún le quedaban por ver otras casas, y si bien Hillside (¡qué nombre más vulgar!) le había agradado mucho, no podía darle una respuesta en firme ahora mismo.

Mrs. Hengrave se despidió de ella con una mirada triste y un sonoro estornudo.

Gwenda volvió a la agencia, hizo una oferta en firme, condicionada desde luego a una tasación por un perito, y dedicó el resto de la mañana a pasear por Dillmouth. Era una pequeña y anticuada ciudad costera, pero con mucho encanto. En un extremo habían edificado un par de hoteles nuevos y unas cuantas casas de diseño moderno, pero el trazado de la costa y de las colinas había evitado una expansión desmesurada.

Después de comer, Gwenda recibió la llamada de la agencia. Habían aceptado la oferta. Gwenda, con una sonrisa de felicidad y picardía, fue a la oficina de correos y le envió un telegrama a Giles.

He comprado una casa. Besos. Gwenda.

«¡Ahora le entrará prisa! —se dijo Gwenda—. ¡Para que vea que no me duermo en los laureles!»

Capítulo 2

El papel de la pared

1

Había pasado un mes y Gwenda ya vivía en Hillside. Habían traído los muebles de la tía de Giles y los habían repartido por la casa. Era un mobiliario anticuado, pero de muy buena calidad. Gwenda había vendido un par de armarios roperos demasiado grandes, pero todos los demás muebles encajaban muy bien con la casa. Habían colocado en el salón las mesitas de papel maché con incrustaciones de madreperla y pintadas con castillos y rosas. También había una preciosa mesa de costura con una bola de seda para recoger los hilos, un escritorio de palisandro y una mesa de centro de caoba.

Gwenda había relegado las poltronas a los diversos dormitorios y, a cambio, había comprado dos sillones muy cómodos que colocó delante de la chimenea para sentarse con Giles y disfrutar del calor del fuego cuando llegara el invierno. El sofá, que era enorme, lo colocó cerca de las ventanas. Las cortinas las había mandado hacer de cretona color azul claro con un dibujo de rosas y pájaros amarillos. Consideraba que el salón le había quedado perfecto.

No se podía decir que estuviera instalada del todo, porque los operarios no habían acabado las reformas. Ya tendrían que haberlo hecho, pero Gwenda pensaba que, si no entraba a vivir, no se marcharían nunca.

Habían acabado las reformas en la cocina y faltaba poco para terminar con los cuartos de baño. Gwenda había decidido esperar un poco antes de continuar con la decoración. Necesitaba tiempo para hacerse con la casa y escoger los colores adecuados para los dormitorios. En general, la casa estaba en muy buen estado y no había ninguna reparación urgente que atender.

Había contratado a una tal Mrs. Cocker para que se encargara de la cocina, una señora de trato condescendiente, inclinada a rechazar la amistad demasiado democrática de su patrona, pero que, después de poner a Gwenda en su sitio, se mostró muy bien dispuesta y educada.

Esa mañana en particular, Mrs. Cocker dejó la bandeja del desayuno sobre las rodillas de Gwenda, que acababa de sentarse en la cama.

—Cuando no hay caballeros en las casas —afirmó Mrs. Cocker—, las señoras prefieren desayunar en la cama. —Gwenda aceptó la validez de esta supuesta tradición inglesa, mientras la cocinera añadía—: Le haré huevos revueltos. Dijo usted algo de bacalao, pero no se lo recomiendo en el dormitorio. Deja un tufillo... Se lo serviré para cenar: a la crema y con tostadas.

—Muchas gracias, Mrs. Cocker.

La mujer sonrió graciosamente, dispuesta a retirarse.

Gwenda no ocupaba la habitación de matrimonio.

Esperaría la llegada de Giles. Había escogido la habitación al final del pasillo, la que era circular y tenía el mirador. Se sentía muy a gusto y feliz. Le echó un vistazo y exclamó sin poder contenerse:

—¡Me gusta esta habitación!

Mrs. Cocker asintió, sonriendo con indulgencia.

—Es una habitación muy bonita, señora, aunque pequeña. Por los barrotes que hay en la ventana, diría que en su momento fue el cuarto de los niños.

—No se me había ocurrido. Quizá tenga usted razón.

—Hay que tenerlo muy en cuenta —manifestó Mrs. Cocker con cierto tonillo mientras se marchaba.

«En cuanto tengamos a un hombre en la casa —parecía haber dicho—, ¿quién sabe?, podría hacer falta un cuarto para los niños.» Gwenda se sonrojó. Volvió a contemplar la habitación. ¿Un cuarto para los niños? Sí, sería un lugar agradable. Comenzó a amueblarlo en su imaginación. Una gran casa de muñecas contra la pared. Armarios bajos llenos de juguetes. Un fuego ardiendo alegre en la chimenea, con una mampara protectora delante que podría servir para colgar las prendas húmedas de los niños. Pero lo que no se podía tolerar era la pintura de color mostaza. No, elegiría un papel de pared alegre. Algo bonito y brillante con amapolas rojas y campánulas azules. Sí, quedaría precioso. Buscaría un papel con ese tipo de estampado. Estaba segura de que lo había visto en alguna parte.

No harían falta muchos muebles para la habitación. Había dos armarios empotrados, pero uno de ellos, en el rincón, estaba cerrado y habían perdido la llave. Debía de llevar años así porque lo habían pintado como si formara parte de la pared. Le pediría a alguno de los obreros que lo abriera antes de que se fueran. En este momento, no tenía dónde guardar toda su ropa.

Cada día se encontraba más a gusto en Hillside. Oyó un carraspeo tremendo seguido de una tos seca a través de la ventana abierta y se apresuró a acabar su desayuno. Foster, el temperamental jardinero que trabajaba para ella unas cuantas horas, no siempre cumplía con sus promesas de presentarse al trabajo y había que aprovechar que estuviera aquí.

Gwenda se duchó en un minuto, se vistió con una falda y un jersey, y salió presurosa al jardín. Foster trabajaba delante de una de las puertas acristaladas del salón. La primera medida de Gwenda había sido ordenar que se abriera un camino entre las piedras. Foster se había mostrado reticente y había dicho que tendría que quitar las forsitias, después las diervillas y, por último, las lilas, pero Gwenda no había dado su brazo a torcer y ahora el jardinero parecía casi entusiasmado con su trabajo.

La saludó con una risita socarrona.

—Por lo visto, quiere usted recuperar los viejos tiempos, señorita.

Foster insistía en llamarla «señorita».

—¿Los viejos tiempos? ¿Qué quiere decir?

El jardinero golpeó el suelo con el filo del azadón.

—Encontré los viejos escalones. Mire, aquí están, en el lugar donde los quería usted. Alguien los cubrió con tierra hace años y plantó las forsitias.

—Fue una estupidez —opinó Gwenda—. A todo el mundo le gusta tener buenas vistas del jardín y el mar desde el salón.

Foster no tenía muy claro las ventajas de las buenas vistas, pero acabó por asentir.

—No digo que no sea una mejora. Le proporciona unas vistas agradables y los arbustos impiden que entre mucha luz en el salón. Sin embargo, hace mucho que no veo unas forsitias tan bonitas. Las lilas no me gustan mucho, pero las diervillas valen su buen dinero y estas no se pueden replantar porque son muy viejas.

—Lo sé, pero ahora queda mucho más bonito.

—Bueno. —Foster se rascó la cabeza—. Quizá tenga razón.

—La tengo —afirmó Gwenda. Cambió de tema—. ¿Quién vivía en esta casa antes de los Hengrave? No llevaban mucho tiempo aquí, ¿verdad?

—Unos seis años. No acabaron de encontrarse a gusto. ¿Antes de ellos? Las señoritas Elworthy. Gente muy religiosa. Anglicanas. Eran misioneras en tierras de paganos. Una vez alojaron aquí a un ministro negro. Eran cuatro hermanas y un hermano, pero el pobre no pintaba mucho entre tantas mujeres. Antes de ellas, déjeme pensar... Mrs. Findeyson, ¡sí, una dama de alcurnia! Ella sí que encajaba en este lugar. Llevaba viviendo aquí desde mucho antes de que yo naciera.

—¿Falleció aquí? —preguntó Gwenda.

—Murió en Egipto o algo así. Pero la trajeron a casa. Está enterrada en la iglesia. Ella plantó el magnolio y todos aquellos arbustos. Le gustaban mucho. No habían construido todas esas casas nuevas en la falda de la colina. Todo era campo. Tampoco teníamos cine, ni ninguna de las tiendas. ¡Ni el paseo! —Su tono mostraba el rechazo de los ancianos a cualquier innovación—. ¡Cambios! —protestó—. ¡Todo son cambios!

—Supongo que las cosas tienen que cambiar —opinó

Gwenda—. Después de todo, también hay muchos adelantos que son muy útiles.

—Es lo que dicen. Yo no los he visto. ¡Cambios! —Hizo un gesto hacia el seto de la izquierda, donde al otro lado se veía un edificio—. Aquello de allá era el hospital. Un lugar muy bonito y muy a mano. Después construyeron otro nuevo y más grande a un kilómetro y medio a las afueras de la ciudad. Tienes que caminar unos veinte minutos para llegar allí los días de visita, o pagar los tres peniques del autobús. —Volvió a señalar hacia el seto—. Desde hace diez años, es una escuela de señoritas. Lo cambian todo. En la actualidad, la gente se compra una casa, vive allí diez o doce años y después se marcha. Son incapaces de permanecer en el mismo sitio. ¿De qué sirve? No se puede plantar nada que valga la pena si no miras hacia el futuro.

Gwenda observó el magnolio con afecto.

—Como Mrs. Findeyson —señaló.

—Ah. Una señora por todo lo alto. Llegó aquí recién casada, crio a sus hijos y los casó; enterró a su marido; tenía a los nietos durante el verano y falleció cuando estaba cerca de los ochenta.

El tono de aprobación de Foster era evidente.

Gwenda volvió a la casa con una sonrisa en el rostro.

Habló unos minutos con los operarios y se dirigió después al salón para escribir algunas cartas. Entre la correspondencia pendiente había una carta de unos primos de Giles que vivían en Londres; la habían invitado a ir a la capital y alojarse en su casa de Chelsea.

Raymond West era un novelista muy conocido, más que popular, y Gwenda sabía que su esposa Joan era pintora. Sería divertido ir a pasar una temporada con ellos, aunque probablemente la tomarían por una ignorante. «Ni Giles ni yo somos muy intelectuales», se dijo Gwenda.

Se oyó el sonido del gong en el vestíbulo. Montado en un gran armazón de madera negra retorcida, el gong había sido una de las posesiones más valoradas por la tía de Giles. Por lo visto, a Mrs. Cocker también le gustaba, y golpeaba el trasto con todas sus fuerzas. Gwenda se tapó los oídos al tiempo que se levantaba.

Caminó con rapidez a través de la sala hasta la pared más alejada y entonces se detuvo en seco con una exclamación de enfado. Era la tercera vez que hacía lo mismo. Al parecer, su subconsciente la engañaba haciéndole creer que podía atravesar la pared para llegar al comedor.

Volvió sobre sus pasos, salió al vestíbulo y giró después donde la pared de la sala hacía un ángulo para llegar al comedor. Era un rodeo bastante largo y sería un incordio en invierno, porque en el vestíbulo soplaban corrientes de aire y la calefacción central solo calentaba la sala, el comedor y los dos dormitorios de la planta superior.

«No lo comprendo —se dijo Gwenda mientras se sentaba delante de una preciosa mesa Sheraton. La había comprado, sin reparar en gastos, después de vender la inmensa mesa de caoba cuadrada que habían heredado de su tía Lavender—. ¿Por qué no puedo mandar que abran una puerta que comunique la sala con el comedor? Hablaré con el señor Sims cuando venga esta tarde.»

El señor Sims era el contratista y decorador, un hombre de mediana edad con una voz ronca y muy persuasiva, que siempre llevaba una libreta donde anotaba cualquier ocurrencia de sus clientes.

El señor Sims mostró su entusiasmo cuando se le consultó.

—La cosa más sencilla del mundo, Mrs. Reed, y una gran mejora, si me permite decirlo.

—¿No será muy caro? —Gwenda ya comenzaba a recelar de los entusiasmos y afirmaciones del señor Sims. Habían tenido algunos roces por culpa de varios extras que no aparecían en el presupuesto original del contratista.

—Una bagatela —afirmó el señor Sims en un tono indulgente y tranquilizador.

La desconfianza de Gwenda aumentó aún más. Había aprendido a mirar con recelo las bagatelas del señor Sims, porque siempre acababan engordando un presupuesto a primera vista muy moderado.

—Le diré lo que haremos, Mrs. Reed —añadió el señor Sims—. Esta tarde, en cuanto Taylor termine con el vestidor, le echará un vistazo al salón y, entonces, le podré decir cuánto le costará. Todo depende de cómo sea la pared.

Gwenda se mostró conforme. Le escribió a Joan West para agradecerle la invitación, pero le dijo que no podía dejar Dillmouth por ahora, ya que quería vigilar las reformas. Después, salió a dar un paseo para disfrutar de la brisa marina. Cuando volvió a la sala, se encontró con Taylor, el capataz, quien examinaba la pared que daba al comedor.

—No hay ningún problema, Mrs. Reed —le informó—. Aquí ya tuvieron antes una puerta. Alguien decidió que no la necesitaba y la tapiaron.

No dejaba de ser curioso, se dijo gratamente sorprendida, que desde el primer día tuviera la sensación de que allí había una puerta. Recordó la seguridad con que había caminado hacia la pared a la hora de la comida, pero al mismo tiempo la invadió una sensación de inquietud. Ahora que lo pensaba, era muy extraño. ¿Por qué había estado tan segura de que allí había una puerta? No quedaba ninguna señal en la pared. ¿Cómo había adivinado, o mejor dicho, cómo había sabido que allí había una puerta? Por supuesto, era muy cómodo tener una puerta que se abriera al comedor, pero ¿por qué se había dirigido directamente al lugar exacto? Cualquier otro lugar de la pared hubiese sido válido, pero ella, de una manera automática, con la mente puesta en otras cosas, había ido al lugar exacto donde estaba la puerta tapiada.

«Espero —se le ocurrió a Gwenda con inquietud— no ser una vidente o algo así.»

Nunca había pensado que tuviera poderes psíquicos. No era de esa clase de personas, ¿o sí? ¿Y el sendero desde la terraza a través de los arbustos hasta el césped? ¿Ella ya sabía que allí había un camino y por eso quería que abrieran otro en el mismo lugar?

«Quizá sí que tengo algo de vidente», se dijo, cada vez más intranquila. ¿O tendría que ver con la casa? ¿Por qué le había preguntado a Mrs. Hengrave si estaba embrujada?

¡No estaba embrujada! ¡Era una casa preciosa! No podía tener nada malo. Y Mrs. Hengrave se había mostrado muy sorprendida.

Sin embargo, ¿no había notado cierta reticencia cuando le respondió?

«Maldita sea, estoy comenzando a imaginarme cosas.»

Volvió a centrarse en la conversación con Taylor.

—Una cosa más —dijo—. La puerta de uno de los armarios de mi habitación está atascada. Necesito abrirla.

El encargado subió con ella para inspeccionar la puerta.

—La han pintado encima más de una vez —comentó—. Le diré a uno de los muchachos que la abra. ¿Puede esperar hasta mañana?

Gwenda dijo que sí y Taylor se marchó.

Aquella noche se sintió dominada por un gran nerviosismo. Se sentó en la sala dispuesta a disfrutar de la lectura, pero estaba pendiente de cualquier ruido. Un par de veces miró por encima del hombro y se estremeció. Se dijo que no había nada de particular en el asunto de la puerta y el sendero. No eran más que coincidencias, el resultado de una deducción lógica.

Le inquietaba subir a su dormitorio, aunque no quería admitirlo.

Cuando por fin dejó el libro, apagó las luces y salió al vestíbulo, tuvo miedo de subir la escalera. Se reprochó estar comportándose como una tonta, pero subió casi a la carrera y no acortó el paso hasta llegar al dormitorio. Una vez dentro, recuperó la calma. Miró en derredor con una expresión de afecto. Aquí se sentía segura y feliz. Sí, ahora que se encontraba aquí dentro, se sentía a salvo. («¿A salvo de qué, so idiota?») Miró el pijama preparado sobre la cama y las zapatillas junto al lecho.

¡Ni que tuviera seis años! A estas alturas se sentía como cuando llevaba pololos.

Se metió en la cama con una sensación de alivio y no tardó en quedarse dormida.

A la mañana siguiente, salió para encargarse de diversos trámites. Regresó a la hora de comer.

—Ya han abierto la puerta del armario del dormitorio, señora —le informó Mrs. Cocker mientras le servía un lenguado con puré de patata y crema de zanahoria.

—Estupendo.

Tenía hambre y disfrutó de la comida. Tomó el café en el salón. Después subió al dormitorio, dispuesta a acomodar sus prendas en el segundo armario.

Abrió la puerta y, en cuanto vio el interior, gritó asustada.

El fondo del armario conservaba el papel original que, en el resto de la casa, habían tapado con la pintura de color mostaza. Toda la habitación había estado en otro tiempo empapelada con un papel con un dibujo de amapolas y campánulas.

2

Gwenda permaneció inmóvil durante un buen rato con la mirada fija en el empapelado, y después fue a sentarse en la cama porque le temblaban las piernas.

Se encontraba en una casa en la que no había estado nunca, en un país que era la primera vez que visitaba, y solo dos días antes había estado imaginándose un papel de pared que se correspondía exactamente con el que había cubierto esas mismas paredes no sabía cuántos años atrás.

Se le ocurrieron las explicaciones más estrambóticas: reencarnaciones, viajes en el tiempo y varias más.

El sendero y la puerta del salón se podían considerar

coincidencias, pero lo del papel era demasiado. Era imposible que alguien imaginara un papel con un dibujo tan particular y luego encontrara un estampado idéntico. No, tenía que haber alguna explicación que se le escapaba y que también la asustaba. Veía cosas de un pasado que no podía conocer de ninguna manera y, en cualquier momento, podría ver algo que no querría ver. La casa la asustaba. Pero ¿era la casa o algo que no funcionaba bien en su interior? No quería ser una de esas personas que ven cosas.

Se armó de valor, se puso el abrigo y el sombrero, y se marchó precipitadamente. Fue hasta la oficina de correos para enviar el siguiente telegrama:

West, 19 Addway Square, Chelsea, Londres. Cambio de planes. Llegaré mañana. Gwenda.

Lo envió con la respuesta pagada.

Capítulo 3

«Cubre su rostro...»

Raymond West y su esposa hicieron todo lo posible para que la joven esposa de Giles se sintiera a gusto. No era culpa de ellos que Gwenda les tuviera un poco de miedo. Raymond, con su aspecto extraño, como un cuervo al acecho, el pelo muy largo y arrebatos súbitos de una conversación bastante incomprensible, aumentaba la inquietud de la muchacha, que lo observaba con los ojos muy abiertos. Pero él y Joan parecían hablar un lenguaje propio. Gwenda nunca había estado en un ambiente tan intelectual y casi todas las palabras le resultaban desconocidas.

—Hemos pensado en llevarte a un par de espectáculos —comentó Raymond, mientras Gwenda bebía un trago de ginebra, lamentándose de que no le hubieran ofrecido una taza de té después del viaje.

Gwenda se animó de inmediato.

—Esta noche iremos al ballet en Sadler's Wells y, mañana, para celebrar el cumpleaños de mi tía Jane, que es un personaje bastante increíble, iremos a ver *La duquesa de Malfi* con Gielgud. El viernes lo reservaremos para la representación de *Ellos caminaban sin pies*, una obra que no se puede dejar de ver. Traducida del ruso. Es la obra dramática más significativa de los últimos veinte años. La ponen en el Witmore.

Gwenda expresó su agradecimiento por todos estos planes en su honor. Después de todo, cuando llegara Giles, ya tendrían tiempo para ir a ver comedias musicales y otros espectáculos más divertidos. Le asustaba un poco la obra rusa, aunque quizá le gustase. El único problema era que, por lo general, eso no ocurría con las «obras significativas».

—Te encantará la tía Jane —añadió Raymond—. Es lo que yo describiría como una auténtica pieza de museo. Victoriana hasta la médula. Todos sus tocadores tienen las patas envueltas en cretona. Vive en un pueblo, uno de esos donde nunca pasa nada, como un estanque sin vida.

—Una vez ocurrió algo —le recordó su esposa.

—Un vulgar crimen pasional, algo muy burdo, sin ninguna sutileza.

—Si mal no recuerdo, te lo pasaste en grande —afirmó Joan en un tono burlón.

—También disfruto a veces jugando un partido de *cricket* con los del pueblo —replicó Raymond con mucha dignidad.

—La cuestión es que tía Jane se superó a sí misma en la resolución del crimen.

—No es ninguna tonta. Le encantan los problemas.

—¿Problemas? —preguntó Gwenda, pensando en la aritmética.

Raymond hizo un ademán.

—Cualquier clase de problemas. ¿Por qué la esposa

del carnicero se llevó el paraguas a la reunión de la iglesia cuando no amenazaba lluvia? ¿Por qué encontraron una espina en el pescado en escabeche? ¿Qué pasó con el abrigo del vicario? No hay nada lo bastante ínfimo para el interés de tía Jane. Así que si tienes algún problema en tu vida, Gwenda, cuéntaselo a ella. Tía Jane te dará la respuesta.

Se echó a reír y Gwenda le secundó, aunque sin mucho entusiasmo. Al día siguiente le presentaron a tía Jane, también conocida como Miss Marple. Se trataba de una anciana de buen ver, alta y delgada, con las mejillas sonrosadas y los ojos azules, de modales amables y remilgados. En sus ojos se apreciaba a menudo una mirada pícara.

Cenaron temprano y, después de brindar a la salud de tía Jane, salieron hacia el teatro. Otros dos hombres formaban parte del grupo: un artista mayor y un joven abogado. El artista se dedicó en exclusiva a Gwenda, mientras que el abogado dividía sus atenciones entre Joan y Miss Marple, cuyos comentarios parecían hacerle muchísima gracia. Sin embargo, en el teatro cambiaron el orden y Gwenda ocupó su butaca entre Raymond y el abogado.

Se apagaron las luces y comenzó la función.

Los actores eran muy buenos y Gwenda disfrutaba de lo lindo, porque no había tenido muchas ocasiones de ver buen teatro.

La obra estaba a punto de terminar y se aproximaba el momento del gran desenlace dramático. El personaje central se acercó a las candilejas y su voz resonó por toda la sala con toda la tragedia de una mente retorcida y malvada.

«Cubre su rostro. Mis ojos están deslumbrados, ella murió joven...»

Gwenda lanzó un grito.

Se levantó de un salto, se abrió paso a ciegas por la fila de butacas y corrió por el pasillo hasta salir a la calle. Ni siquiera allí se detuvo, sino que continuó mitad corriendo, mitad caminando, por Haymarket, dominada por un pánico cerval.

No encontró un taxi libre hasta Piccadilly. Subió al coche y le dio al taxista la dirección de la casa de Chelsea. Sin poder controlar el temblor de sus manos, sacó dinero del bolso, pagó al taxista y subió los escalones de la entrada. El sirviente que le abrió la puerta la miró sorprendido.

—Vuelve usted muy temprano. ¿No se encuentra bien?

—Yo, no, sí. Estoy muy mareada.

—¿Quiere que le sirva alguna cosa? ¿Un brandy?

—No, nada, gracias. Me voy a la cama.

Subió la escalera a la carrera para evitar más preguntas.

Se desnudó, sin preocuparse de ordenar las prendas, que dejó amontonadas en el suelo, y se metió en la cama. Temblaba como una hoja, con el corazón desbocado y la mirada fija en el techo.

No oyó la llegada de los dueños de la casa, pero al cabo de unos cinco minutos se abrió la puerta del dormitorio y entró Miss Marple. Venía cargada con dos bolsas de agua caliente en una mano y una taza en la otra.

Gwenda se sentó en la cama, mientras hacía unos esfuerzos tremendos para controlar sus temblores.

—Oh, Miss Marple, lo siento mucho. No sé qué me ha

pasado..., ha sido muy poco educado por mi parte. ¿Están muy enfadados conmigo?

—No se preocupe, mi querida niña. Coja estas bolsas de agua caliente y póngaselas junto a los pies.

—No necesito una bolsa de agua caliente.

—Sí, claro que la necesita. Así, muy bien. Ahora, tómese el té.

El té era muy fuerte, quemaba y tenía demasiado azúcar, pero Gwenda se lo bebió obedientemente. Poco a poco, los temblores fueron disminuyendo.

—Ahora tiéndase y duerma —dijo Miss Marple—. Ha sufrido un *shock*. Ya hablaremos mañana. No se preocupe por nada. Solo duerma.

La arropó con la manta, sonrió mientras le daba unas palmaditas en el hombro y se marchó.

En la planta baja, Raymond discutía el tema con su esposa.

—¿Qué demonios le ha pasado a esa chica? ¿Se sintió mal o qué?

—Mi querido Raymond, no lo sé. Solo gritó. Supongo que la obra le resultó demasiado macabra.

—Por supuesto que Webster es un poco espeluznante, pero nunca... —Se interrumpió al ver que entraba su tía—. ¿Está bien?

—Sí, creo que sí. Ha sufrido un *shock*.

—¿Un *shock*? ¿Solo por ver un drama jacobita?

—Creo que hay algo más —opinó Miss Marple pensativa.

A la mañana siguiente, a Gwenda le sirvieron el desayuno en la cama. Solo tomó una taza de café y mordisqueó una tostada. Cuando bajó, Joan se había ido a su estudio y Raymond estaba encerrado en su despacho. Encontró a Miss Marple en la sala, sentada junto a la ventana con vistas al río. La anciana hacía calceta.

Sonrió complacida al ver a Gwenda.

—Buenos días, querida. Confío en que ya se sienta mejor.

—Sí, por supuesto. Me encuentro muy bien. No sé cómo pude comportarme anoche de una manera tan estúpida. ¿Están muy enfadados conmigo?

—No, querida. Lo comprenden a la perfección.

—¿Comprenden qué?

Miss Marple miró a la muchacha.

—Que anoche sufrió un *shock* muy fuerte. ¿No cree que le ayudaría contármelo? —preguntó amablemente.

Gwenda comenzó a pasearse inquieta por la sala.

—Creo que lo mejor será que vaya a ver a un psiquiatra cuanto antes.

—Hay algunos especialistas muy buenos en Londres, por supuesto, pero ¿cree que es necesario?

—Creo que me estoy volviendo loca. No hay otra explicación.

Una doncella ya mayor entró con un telegrama en una bandeja que entregó a Gwenda.

—El mensajero pregunta si hay respuesta, señora.

Gwenda abrió el sobre. Habían retransmitido el telegrama desde Dillmouth. Lo miró durante unos segundos como si no comprendiera el texto. Después lo convirtió en una bola.

—No hay respuesta —dijo como una autómata.

La doncella abandonó la habitación.

—Espero que no sean malas noticias, querida...

—El telegrama es de Giles, mi marido. Vuelve a Inglaterra en avión. Llegará dentro de una semana.

La voz de Gwenda tenía una mezcla de asombro y tristeza. Miss Marple carraspeó.

—Sin duda, es una noticia muy grata, ¿no es así?

—¿Lo es? ¿Ahora que no estoy segura de si estoy loca o no? Si lo estoy, no tendría que haberme casado con Giles, ni haber comprado la casa y todo lo demás. No puedo volver allí. Oh, no sé qué hacer.

Miss Marple palmeó el sofá.

—Venga, siéntese a mi lado, querida, y cuéntemelo todo.

Gwenda aceptó la invitación con un gesto de alivio. Le narró toda la historia, desde el momento en que había visto Hillside y, después, los incidentes que primero la habían desconcertado y luego le habían infundido tanto miedo.

—Me asusté muchísimo —afirmó— y se me ocurrió venir a Londres para alejarme de todo aquello. Solo que no lo he conseguido. Lo que sea que me sucede me ha seguido hasta aquí. Anoche... —Cerró los ojos y tragó saliva.

—¿Anoche? —la animó Miss Marple.

—Estoy segura de que no me creerá —dijo Gwenda, hablando a toda prisa—. Pensará que soy una histérica, una desquiciada o algo así. Ocurrió sin más, justo al final. Hasta ese instante había disfrutado muchísimo. No pensé en la casa ni una sola vez. Entonces, como surgido de la nada, cuando el actor pronunció aquellas palabras... —Las repitió con voz temblorosa—: «Cubre su rostro. Mis ojos están deslumbrados, ella murió joven...», me vi otra vez en la escalera, mirando el vestíbulo a través de los barrotes de la balaustrada, y la vi tendida en el suelo... muerta. Tenía el pelo muy rubio y el rostro de color morado. Estaba muerta, estrangulada, y alguien decía esas mismas palabras en un tono de satisfacción repugnante. Vi sus manos grises, llenas de arrugas; no eran manos, sino zarpas de mono. Era horrible, se lo juro. Ella estaba muerta.

—¿Quién estaba muerta? —preguntó Miss Marple sin alzar la voz. La respuesta fue instantánea y automática.

—Helen.

Capítulo 4

¿Helen?

Gwenda miró por un momento a Miss Marple, y después se apartó un mechón de pelo de la frente.

—¿Por qué he dicho eso? —preguntó asombrada—. ¿Por qué he dicho Helen? ¡No conozco a ninguna Helen!

Bajó las manos en un gesto de desesperación.

—Ya lo ve —añadió—. ¡Estoy loca! ¡Imagino cosas! Veo cosas donde no las hay. Primero no fue más que el papel de la pared, pero ahora se trata de cadáveres. O sea, que estoy empeorando.

—No se apresure a sacar conclusiones, querida.

—De lo contrario, tiene que ser la casa. La casa está embrujada, hay fantasmas o lo que sea. Veo cosas que han ocurrido allí o, si no, veo cosas que ocurrirán, y eso es todavía peor. Quizá están a punto de asesinar a una mujer llamada Helen. Lo único que no comprendo es por qué, si la casa está embrujada, sigo viendo estas cosas horribles cuando no estoy allí. Por lo tanto, creo que es una señal muy clara de que estoy perdiendo el juicio. Lo mejor será que vaya a ver a un psiquiatra cuanto antes, esta misma mañana si es posible.

—Por supuesto, querida Gwenda, siempre podrá hacerlo si falla todo lo demás, pero normalmente me digo que lo mejor es buscar primero las explicaciones más sencillas y comunes. A ver si la he entendido bien... Se produjeron tres incidentes muy concretos que la sobresaltaron: un sendero en el jardín que habían cubierto pero que usted sabía que estaba, una puerta tapiada y un papel de pared que usted había imaginado fielmente hasta el último detalle sin haberlo visto antes. ¿Es esto correcto?

—Sí.

—Bien, la explicación más sencilla y natural es que usted ya los había visto antes.

—¿En otra vida?

—No, querida, en esta vida. Quiero decir que bien pueden ser recuerdos.

—Nunca había estado en Inglaterra. Llegué hace un mes, Miss Marple.

—¿Está usted absolutamente segura, querida?

—Por supuesto. He vivido cerca de Christchurch, en Nueva Zelanda, toda mi vida.

—¿Nació allí?

—No, nací en la India. Mi padre era un oficial del ejército británico. Mi madre murió un par de años después de mi nacimiento y a mí me enviaron a Nueva Zelanda con los parientes de mi madre para que me criaran. Mi padre murió al cabo de unos pocos años.

—¿Recuerda el viaje de la India a Nueva Zelanda?

—La verdad es que no. Recuerdo, muy vagamente, haber estado en un barco. Una ventana redonda, supongo que sería un ojo de buey. También a un hombre con un uniforme blanco, la cara roja y una marca en la barbilla, quizá una cicatriz. Solía lanzarme al aire y recuerdo que, a pesar del miedo, me divertía mucho. Pero no son más que fragmentos.

—¿Recuerda a una niñera o a un ama de cría?

—Recuerdo a una niñera que se quedó algún tiempo hasta que cumplí los cinco años. Recortaba figuras de papel con la forma de un pato. Sí, estaba en el barco. Me reñía porque lloraba cuando el capitán me daba un beso porque a mí no me gustaba su barba.

—Eso es muy interesante, querida, porque mezcla dos viajes diferentes. En uno, el capitán tiene barba y, en el otro, la cara roja y una cicatriz en la mejilla.

—Sí —respondió la muchacha después de pensarlo—. Supongo que tiene usted razón.

—A mí me parece posible —manifestó Miss Marple— que, cuando su madre murió, su padre la trajera primero a Inglaterra y que usted viviera en aquella casa. Usted me ha dicho que tuvo la sensación de volver al hogar en cuanto entró y que la habitación que escogió como dormitorio era con toda probabilidad el cuarto de los niños.

—Lo era. Todavía están las rejas en la ventana.

—¿Lo ve? La habitación estaba empapelada con un papel de amapolas y campánulas muy alegre. Los niños siempre recuerdan muy bien las paredes de sus dormitorios. Nunca he olvidado las paredes de mi habitación infantil, y eso que, si no me equivoco, la volvieron a empapelar cuando tenía tres años.

—¿Por eso pensé de inmediato en los juguetes, los armarios donde los guardaba y la casa de muñecas?

—Así es. También está lo del baño con la bañera revestida en caoba. Usted me dijo que había pensado en patos flotando en el agua en cuanto la vio.

—Es cierto que tuve la sensación de saber dónde estaba todo: la cocina y los armarios de la ropa blanca, así como que había una puerta que comunicaba la sala con el comedor. Pero ¿no cree que es imposible que, al llegar a Inglaterra, haya comprado la misma casa donde viví hace tanto tiempo?

—No es imposible, querida. Es una coincidencia notable, y las coincidencias notables ocurren. Su marido quería una casa en la costa sur; usted buscaba una y pasó por delante de una casa que despertó sus recuerdos y la atrajo. Tenía el tamaño adecuado y un precio razonable, así que la compró. No, no es nada improbable. Si la casa hubiese sido sencillamente lo que se llama, quizá con razón, una casa embrujada, creo que su reacción habría sido diferente. Pero usted no tuvo ninguna sensación de violencia o de repulsión, salvo, según sus palabras, en un momento muy preciso. Y eso fue cuando comenzó a bajar la escalera y miró hacia el vestíbulo.

En los ojos de Gwenda volvió a aparecer por un instante la expresión de miedo.

—¿Quiere usted decir que lo de Helen también fue real?

—Creo que sí —respondió Miss Marple en un tono muy suave—. Creo que debemos aceptar la hipótesis de que, si todo lo demás son recuerdos reales, esto también lo sea.

—¿Que vi a una persona muerta, estrangulada, y que yacía en el suelo del vestíbulo?

—No creo que usted supiera conscientemente que la habían estrangulado, eso es algo sugerido por la obra de anoche y que encaja con su reconocimiento como adulta del significado de un rostro convulso y cianótico. Creo que una niña muy pequeña, que baja la escalera, se daría cuenta de la violencia, la muerte y el mal, y los asociaría con determinadas palabras, porque a mi juicio no hay ninguna duda de que el asesino las pronunció. Tuvo que ser un *shock* muy fuerte para una niña. Los niños son criaturas extrañas. Si se asustan mucho, sobre todo cuando se trata de algo que no comprenden, no dicen palabra. Se lo guardan dentro. Es como si lo hubieran olvidado, pero el recuerdo sigue allí, en lo más profundo.

Gwenda inspiró con fuerza.

—¿Cree que eso es lo que me sucedió? Si es así, ¿por qué no lo he recordado hasta ahora?

—No se puede recordar a voluntad. A menudo, cuanto más lo intentamos, más difícil nos resulta. Pero, por lo que se ve, es lo que sucedió. Por ejemplo, cuando me habló de lo ocurrido anoche en el teatro, empleó una frase muy reveladora. Usted dijo que le parecía estar mirando «a través de los barrotes», pero, normalmente, uno no mira el vestíbulo a través de los barrotes, sino por encima de la balaustrada. Solo un niño miraría a través de los barrotes.

—Es usted muy inteligente —opinó Gwenda.

—Los pequeños detalles son muy importantes.

—¿Quién era Helen? —preguntó extrañada la muchacha.

—Dígame una cosa, querida, ¿está usted segura de que era Helen?

—Sí. Es muy extraño, porque no sé quién es «Helen», pero al mismo tiempo lo sé. Quiero decir que sé que la persona que yacía en el vestíbulo era Helen. ¿Cómo lo haré para averiguar algo más?

—Creo que lo obvio es averiguar si estuvo usted en

Inglaterra en algún momento de su infancia. Sus parientes...

—Tía Alison —la interrumpió Gwenda—. Estoy segura de que ella lo sabe.

—Entonces, lo que debe hacer es escribirle una carta. Explíquele que han surgido unas circunstancias por las que necesita saber con urgencia si alguna vez estuvo en Inglaterra. Es probable que la respuesta coincida con la llegada de su marido.

—Muchas gracias, Miss Marple. Es usted muy amable. Espero que su explicación sea cierta porque, si lo fuera, entonces todo quedaría aclarado. No sería una cuestión sobrenatural.

—Yo también confío en que todo resulte tal como pensamos —afirmó Miss Marple con una sonrisa—. Pasado mañana me marcho para pasar un tiempo con unos viejos amigos en el norte. Volveré a Londres dentro de unos diez días. Si usted y su marido todavía están por aquí o si ha recibido respuesta a su carta, me encantará saber si estábamos en lo cierto.

—¡Por supuesto, mi querida Miss Marple! Además, quiero que conozca a Giles. Es un encanto. Nos reiremos de lo lindo con toda esta historia.

Gwenda había recuperado todo su entusiasmo juvenil.

En cambio, Miss Marple parecía pensativa.

Capítulo 5

Un crimen en retrospectiva

1

Miss Marple, tal como había anunciado, regresó a Londres y fue a un pequeño hotel en Mayfair donde los jóvenes Mr. y Mrs. Reed la acogieron con gran entusiasmo.

—Le presento a mi marido, Miss Marple. Giles, no tengo palabras para explicarte lo amable que esta dama ha sido conmigo.

—Encantado de conocerla. Me han dicho que Gwenda se asustó tanto que a punto estuvo de querer ingresar en un hospital psiquiátrico.

Miss Marple miró a Giles Reed y sacó una conclusión favorable. Se trataba de un joven muy agradable, alto, rubio, de unos modales realmente encantadores y una timidez natural muy atractiva. Pero la línea del mentón indicaba que era una persona muy decidida y voluntariosa.

—Tomaremos el té en la sala pequeña —indicó Gwenda—. Estaremos mucho más tranquilos, y entonces le mostraremos a Miss Marple la carta de tía Alison. —Y añadió al ver la mirada atenta de la anciana—: Sí, llegó hace un par de días y confirma lo que usted pensaba.

Tomaron el té y Gwenda leyó la carta de miss Danby:

Querida Gwenda:

Me preocupé mucho al enterarme de que has tenido algunas experiencias desagradables. La verdad es que me había olvidado del todo de que habías vivido algún tiempo en Inglaterra cuando eras una niña pequeña.

Tu madre, mi hermana Megan, conoció a tu padre, el comandante Halliday, cuando pasó una temporada en casa de unos amigos nuestros destinados en la India. Se casaron y tú naciste allí. Un par de años más tarde falleció tu madre. Fue algo muy triste para todos nosotros y le escribimos a tu padre, al que solo conocíamos por correspondencia, para pedirle que te confiara a nuestro cuidado, porque estábamos dispuestos a recibirte con los brazos abiertos, conscientes de que sería difícil para un militar en activo ocuparse de una niña pequeña. Sin embargo, tu padre rehusó la oferta y nos dijo que había pedido el retiro y que iba a volver contigo a Inglaterra.

Tengo entendido que, en el viaje de regreso, tu padre conoció a una joven, se comprometió en matrimonio y se casó con ella en cuanto bajó del barco. Pero fue una boda desafortunada y se separaron al cabo de un año. Fue entonces cuando tu padre nos escribió para preguntar si todavía queríamos que te quedaras con nosotros y darte un hogar. No es necesario decirte, querida, la alegría que nos dio. Llegaste a Nueva Zelanda en compañía de una niñera inglesa y, al mismo tiempo, tu padre te legó la mayor parte de sus bienes y sugirió la posibi-

lidad de que adoptaras legalmente nuestro apellido. Esto, todo hay que decirlo, nos pareció un tanto curioso, pero consideramos que era con la mejor intención y con el deseo de reforzar los vínculos con la familia. No obstante, no lo hicimos. Apenas había transcurrido un año de tu llegada cuando recibimos la noticia de que tu padre había muerto en una residencia. Supongo que ya se debía de haber enterado de que no le quedaba mucho tiempo de vida cuando te envió con nosotros.

Lo lamento, pero no puedo decirte dónde viviste con tu padre cuando estabais en Inglaterra. En las cartas que nos enviaba estaba el remite, pero de eso han pasado dieciocho años y no es fácil recordar esos detalles. Sé que era en algún lugar del sur y supongo que Dillmouth podría ser el nombre correcto. También podría ser Darmouth, porque los nombres se parecen. Creo que tu madrastra se volvió a casar, pero no recuerdo el nombre de casada, ni tampoco el de soltera, aunque tu padre lo mencionó en la carta en que hablaba de su matrimonio. En aquel momento, nos enfadamos un poco por lo precipitado de la boda, pero por supuesto todos sabemos que, cuando se hace una larga travesía en barco, suceden esas cosas, y es muy posible que él creyera que eso sería lo más conveniente para ti.

Ahora me parece una estupidez no haberte mencionado que habías vivido en Inglaterra, aunque tú no lo recordaras, pero, como he dicho antes, lo había olvidado por completo. La muerte de tu madre en la India y que después vinieras a vivir con nosotros siempre nos pareció lo más importante.

Espero que todo esto te sirva para aclarar tus dudas.

Confío en que Giles se reúna pronto contigo. Por supuesto, es duro para vosotros estar separados.

Te contaré más cosas en la próxima carta, porque te envío esta enseguida en respuesta a tu telegrama.

Tu tía que te quiere,

Alison Danby

P. D.: No me has contado los detalles de esas circunstancias tan preocupantes.

—¿Lo ve? —dijo Gwenda—. Es casi exactamente lo que usted sugirió.

Miss Marple pasó una mano sobre la hoja de papel para alisarla.

—Sí, sí. He descubierto que la explicación más vulgar casi siempre es la correcta.

—Le estoy muy agradecido, Miss Marple —manifestó Giles—. La pobre Gwenda lo ha pasado muy mal, y admito que me preocupó pensar que fuera una vidente, una médium o algo así.

—Puede ser algo muy molesto en una esposa —comentó Gwenda—, a menos que el marido tenga una vida intachable.

—Como es mi caso —afirmó Giles.

—¿Qué me dice de la casa? —preguntó Miss Marple—. ¿Qué piensa ahora al respecto?

—Creo que todo está en orden. Mañana nos vamos a Dillmouth. Giles tiene unas ganas locas de verla.

—No sé si usted se ha dado cuenta, Miss Marple —señaló Giles—, pero el resultado de todo esto es que tenemos en nuestras manos un misterioso caso de asesinato. En realidad, en el umbral de nuestra casa, o en el vestíbulo, para ser exactos.

—Ya lo había pensado —respondió Miss Marple con voz pausada.

—A Giles le encantan las novelas policíacas.

—No hay ninguna duda de que se trata de una historia detectivesca. El cadáver de una mujer hermosa estrangulada en el vestíbulo. No conocemos nada de ella, salvo el nombre de pila. Por supuesto, ya sé que han pasado casi veinte años. No puede quedar ninguna pista después de tanto tiempo, pero al menos se puede procurar averiguar alguna cosa y ver si se encuentra algún hilo conductor, aunque no creo que resulte fácil resolver el acertijo.

—Yo creo que se podría resolver —replicó Miss Marple—, incluso después de dieciocho años.

—En cualquier caso, no creo que haya nada de malo en intentarlo, ¿verdad? —afirmó Giles con una expresión radiante.

Miss Marple, en cambio, se movió inquieta, con una expresión grave, casi preocupada.

—Sí que podría ser malo. Yo les recomendaría... Sí, les recomendaría con toda firmeza que se mantuvieran apartados de todo este asunto.

—¿Mantenernos apartados? Es nuestro gran asesinato misterioso, si es que fue un asesinato.

—Creo que fue un asesinato y, por eso mismo, me mantendría apartada. Ese tipo de crímenes no son algo que se pueda tomar a la ligera.

—Pero, Miss Marple, si todo el mundo se comportara de esa manera —protestó Giles—, entonces...

—Lo sé —lo interrumpió la anciana—. Hay ocasiones en las que es una obligación resolverlo: cuando la acusada es una persona inocente, las sospechas recaen sobre varias personas, o bien se trata de un criminal peligroso que puede volver a asesinar. Pero debe comprender que este es un crimen muy antiguo. Quizá ni siquiera se consideró en su momento que fuera un asesinato. De lo contrario, el viejo jardinero o cualquier otra persona ya les habría mencionado lo que ocurrió. Un asesinato, por muchos años que pasen, siempre es noticia. No, está claro que alguien se encargó de ocultar el cadáver y que nunca se planteó la menor sospecha. ¿Está usted seguro, absolutamente seguro, de que es prudente desenterrar el asunto?

—Miss Marple —exclamó Gwenda—, parece usted muy preocupada.

—Lo estoy, querida. Ustedes dos son una pareja encantadora, si me permiten decírselo. Se acaban de casar y son muy felices. Por favor, se lo ruego, no comiencen a destapar cosas que tal vez..., ¿cómo lo diría yo...?, podrían empañar su felicidad.

—¿Está usted pensando en algo en particular? —preguntó Gwenda—. ¿Qué quiere insinuar?

—No insinúo nada, querida. Solo les aconsejo que dejen este asunto en paz, porque he vivido muchos años y sé los trastornos que se pueden producir. Ese es mi consejo: dejen este asunto en paz.

—Pues no pienso hacer tal cosa —sostuvo Giles en un tono enérgico—. Hillside es nuestra casa, de Gwenda y mía, y alguien fue asesinado allí, o eso creemos. No estoy dispuesto a tropezar con un asesinato en mi casa y quedarme de brazos cruzados, aunque hayan pasado dieciocho años.

Miss Marple exhaló un suspiro.

—Lo siento. Supongo que la mayoría de los jóvenes valientes opinarían de la misma manera. Incluso lo comprendo y lo admiro. Pero desearía, y mucho, que no lo hiciera.

2

Al día siguiente, todos los habitantes de St. Mary Mead se habían enterado del regreso de Miss Marple. La habían visto en High Street a las once de la mañana. Había ido a la vicaría a las doce menos diez. Por la tarde, tres de las cotillas del pueblo se presentaron en su casa para conocer sus opiniones sobre la alegre metrópolis y, en cuanto acabaron con esta parte, pasaron al tema más importante: la ubicación de la carpa del té y el puesto de venta de bordados en la próxima feria parroquial.

En cuanto se marcharon las damas, Miss Marple se dirigió al jardín para ocuparse de él, pero por una vez sus actividades se concentraron más en el aniquilamiento de los hierbajos que en los quehaceres de sus vecinas. Se mostró distraída durante la cena, frugal como siempre, y apenas prestó atención al relato de las aventuras galantes del farmacéutico que le hizo Evelyn, su criada. Al día siguiente continuaba distraída, y dos o tres personas, incluida la esposa del vicario, lo mencionaron. Aquella noche, Miss Marple anunció que no se encontraba muy bien y se fue a la cama. Por la mañana, mandó llamar al doctor Haydock.

El doctor Haydock era médico, amigo y aliado de la anciana desde hacía muchos años. Escuchó el relato de los síntomas, la examinó deprisa y después se echó hacia atrás en la silla y apuntó con el estetoscopio.

—Para una mujer de su edad —comentó—, a pesar de su aparente fragilidad, goza usted de una salud excelente.

—Estoy segura de que mi estado general es bueno

—replicó Miss Marple—, pero confieso que me siento agotada, sin fuerzas.

—Se ha pasado usted de la raya. Demasiado trasnochar en la capital...

—Sí, por supuesto. Encuentro que Londres resulta un poco agotador en estos tiempos y el aire está muy viciado. No tiene nada que ver con la pureza de la brisa marina.

—El aire de St. Mary Mead es limpio y fresco.

—Pero a veces demasiado húmedo. No es precisamente un aire vigorizante.

El doctor Haydock la miró con una leve expresión de curiosidad.

—Le enviaré una botella de tónico —dijo con amabilidad.

—Muchas gracias. El tónico Easton siempre ha sido muy bueno.

—No es necesario que me diga usted lo que le debo recetar, mujer.

—¿Me preguntaba si quizá un cambio de aires...?

Miss Marple lo contempló con una expresión inocente.

—Acaba de regresar de un viaje de tres semanas.

—Lo sé, pero he ido a Londres, lo cual, como usted dice, no es lo más indicado, y luego al norte, a una región industrial. Nada que ver con el tonificante aire marino.

Haydock guardó sus cosas en el maletín. Luego miró a su paciente con una sonrisa.

—Sepamos de una vez por qué me mandó llamar. Solo dígamelo y lo repetiré. Quiere que le recomiende una temporada cerca del mar, ¿verdad?

—Estaba segura de que me comprendería —manifestó Miss Marple complacida.

—El aire marino es excelente. Le recomiendo que se marche de inmediato a Eastbourne, antes de que su salud se resienta.

—Creo que Eastbourne es demasiado fresco.

—¿Qué le parece Bournemouth o la isla de Wight?

Miss Marple le guiñó un ojo.

—Siempre he creído que un lugar pequeño es mucho más agradable.

El doctor Haydock volvió a sentarse.

—Ha despertado mi curiosidad. ¿Cuál es la pequeña ciudad costera que tiene en la mente?

—Había pensado en Dillmouth.

—Un lugar pequeño y agradable. Un tanto aburrido. ¿Por qué Dillmouth?

Miss Marple permaneció en silencio durante unos instantes. En sus ojos había aparecido de nuevo una mirada de preocupación.

—Supongamos que un día, por accidente, descubre usted indicios de que muchos años atrás, diecinueve o veinte, se produjo un asesinato. Solo usted lo sabe, nunca se dijo ni siquiera se sospechó tal cosa. ¿Qué haría?

—¿Un asesinato en retrospectiva?

—Eso es.

—¿No se cometió ningún error judicial? —replicó Haydock—. ¿Nadie sufrió un castigo injusto como resultado de este crimen?

—Nadie que se sepa.

—Vaya. Un crimen en retrospectiva. Un crimen «dormido». ¿Quiere saber mi opinión? Pues se la diré. Lo dejaría correr, eso es lo que haría. Mezclarse en un asesinato es arriesgado. Podría ser muy peligroso.

—Eso es lo que me temo.

—La gente dice que los asesinos siempre repiten sus crímenes. Eso no es cierto. Un tipo que comete un crimen y se las apaña para salirse con la suya tiene mucho cuidado de no volver a jugarse el pellejo. No diré que después vivan felices, no lo creo, y hay muchas formas de pagar por lo que hicieron. Pero, al menos en apariencia, todo va bien. Podría poner el ejemplo de Madeleine Smith o el de Lizzie Borden, dos que fueron declaradas inocentes, aunque eran muchos los que estaban convencidos de su culpabilidad. Hay más. Esas personas nunca repitieron sus crímenes, tuvieron bastante con uno para conseguir lo que deseaban y se dieron por satisfechas. Pero supongamos que les hubiese amenazado algún peligro. Doy por hecho que el asesino o asesina pertenece a ese tipo. Cometió un crimen y salió limpio de polvo y paja, sin que nadie sospechara. ¿Qué pasaría si alguien comenzara a escarbar en el tema, preguntara aquí y allá, hasta que, en una de esas, diera en la diana? ¿Qué haría el asesino? ¿Sonreír como si las cosas no fueran con él mientras los cazadores se acercaban cada vez más? Yo diría que, si no es una cuestión de principios, lo mejor es dejarlo correr, dejar que el crimen siga dormido. —Haydock hizo una pausa, para añadir con voz firme—: Mi receta es que deje correr todo el asunto.

—Pero si yo no soy la persona involucrada. Son dos chiquillos encantadores. ¡Se lo contaré!

Le relató toda la historia y el doctor la escuchó embobado.

—Extraordinario —musitó—. Una coincidencia extraordinaria. Un asunto asombroso en su conjunto. ¿Supongo que ve usted claramente las posibles consecuencias?

—Por supuesto. Pero no creo que a ellos se les hayan ocurrido todavía.

—Se enfrentarán a un montón de desgracias y desearán no haberse mezclado nunca en este asunto. Los esqueletos tienen que permanecer en los armarios. Así y todo, comprendo el punto de vista del joven Giles. Maldita sea, yo tampoco sería capaz de dejarlo correr. Ahora mismo, me devora la curiosidad...

Se interrumpió para mirar a Miss Marple con una expresión severa.

—O sea, que eso es lo que hay detrás de sus excusas para ir a Dillmouth. Meterse en un asunto que no le concierne.

—Se equivoca, doctor Haydock, ellos me preocupan. Son muy jóvenes, carecen de experiencia y son demasiado confiados y crédulos. Considero casi como un deber estar allí para protegerlos.

—No me venga con cuentos. ¡Cuidar de ellos! ¿Es que no puede resistirse a resolver un asesinato, mujer? ¿Incluso un asesinato en retrospectiva?

Miss Marple sonrió como una colegiala.

—¿No cree que unas cuantas semanas en Dillmouth serían muy beneficiosas para mi salud?

—Lo más probable es que fueran su fin —replicó el doctor Haydock—. ¡Pero usted no quiere escucharme!

3

De camino a la casa de sus amigos, el coronel Bantry y su esposa, Miss Marple se encontró con el coronel, que volvía de cazar con la escopeta al hombro y el perro perdiguero pisándole los talones. El viejo militar la saludó con cordialidad.

—Me alegro de verla. ¿Qué tal por Londres?

Miss Marple respondió que Londres seguía siendo la misma ciudad de siempre y comentó que su sobrino la había llevado a ver varias obras de teatro.

—Supongo que serían todas muy intelectuales. A mí solo me gustan las comedias musicales.

Miss Marple añadió que había visto una obra rusa que era muy interesante, aunque le había parecido un poco larga.

—¡Rusa! —exclamó indignado el coronel. En una ocasión, cuando estaba en el hospital, le habían prestado una novela de Dostoievski.

Después, el coronel la informó de que Dolly estaba en el jardín.

Mrs. Bantry estaba casi siempre en el jardín. La jardinería era su pasión. Su lectura favorita eran los catálogos de bulbos y semillas, y su conversación se centraba en las prímulas, los bulbos, los arbustos floridos y las novedades en flores alpinas. Lo primero que vio Miss Marple de su amiga fue su trasero cubierto de *tweed*.

La esposa del coronel se irguió con ciertas dificultades, pues su pasatiempo no ayudaba en nada a su reúma. En cuanto oyó que alguien se acercaba, se enjugó la frente con una mano sucia de tierra y saludó a su amiga.

—Me habían dicho que ya estabas de vuelta, Jane. ¿Qué te parecen mis espuelas de caballero? ¿Has visto las gencianas? Me han dado mucho trabajo, pero ahora parece que están creciendo sin problemas. Lo que necesitamos es que llueva. Hace tiempo que no cae ni una gota. Esther me dijo que estabas enferma. —Esther era la cocinera de Mrs. Bantry y la encargada de transmitir a su patrona todas las novedades y chismes del pueblo—. Me alegro de ver que no es cierto.

—Solo es fatiga. El doctor Haydock cree que necesito un poco de aire marino. Me dará nuevas fuerzas.

—Oh, pero no puedes marcharte ahora —protestó Mrs. Bantry—. Esta es la mejor época del año en el jardín. Los setos deben de estar a punto de florecer.

—El doctor Haydock dice que es aconsejable.

—Haydock no es tan tonto como algunos otros médicos —admitió Mrs. Bantry a regañadientes.

—Me preguntaba, Dolly, por aquella cocinera tuya.

—¿Qué cocinera? ¿Necesitas una cocinera? No te referirás a aquella mujer que bebía, ¿verdad?

—No, no, no. Me refiero a aquella que tenía tan buena mano para la repostería. El marido era mayordomo.

—Ah, ya sé de quién hablas —afirmó Mrs. Bantry—. Una mujer con una voz triste que siempre parecía estar a punto de echarse a llorar. Era muy buena cocinera. Su marido era un tipo gordo y bastante haragán. Arthur siempre dijo que aguaba el whisky. No estoy segura. Pero es una pena que siempre alguno de los dos no sea de fiar. Recibieron un legado de un antiguo patrón y se marcharon para abrir una pensión en la costa, en el sur.

—Eso es lo que creía. Se fueron a Dillmouth, ¿no?

—Así es. 14 Sea Parade, Dillmouth.

—Pensaba que, como el doctor Haydock sugirió un pueblo de la costa, Dillmouth no estaría mal. ¿Cómo se llamaban? ¿Saunders?

—Sí. Es una idea excelente, Jane. Te tratarán como a una reina. Mrs. Saunders cuidará de ti y, como ahora no es temporada alta, se alegrarán de tenerte y no te cobrarán mucho. La buena comida y el aire de mar te sentarán de perlas.

—Muchas gracias, Dolly. Eso espero.

Capítulo 6

Ejercicios detectivescos

1

—¿Dónde crees que yacía el cuerpo? ¿Más o menos por aquí? —preguntó Giles.

Gwenda y él se encontraban en el vestíbulo de Hillside. Habían regresado la noche anterior, y Giles estaba lanzado. Se mostraba tan entusiasmado como un niño con un juguete nuevo.

—Más o menos. —Subió unos cuantos escalones y miró hacia abajo con ojo crítico—. Sí, creo que por ahí.

—Agáchate. Recuerda que entonces solo tenías tres años.

Gwenda se agachó obediente.

—¿Estás segura de que no llegaste a ver al hombre que pronunció las palabras?

—No recuerdo haberlo visto. Estaba un poco más atrás, sí, allí. Solo veía sus zarpas.

—¿Zarpas? —Giles frunció el entrecejo.

—Eran zarpas. No eran humanas. Eran unas garras grises.

—Mira, Gwenda, esto no es una nueva versión de *El asesinato de la calle Morgue*. Un hombre normal no tiene zarpas.

—Pues este sí que las tenía.

Giles miró a su esposa con una expresión de duda.

—Me parece que eso es algo que imaginaste después.

—¿Crees que me he imaginado todo este asunto? ¿Sabes, Giles?, lo he estado pensando. Me parece mucho más probable que todo este asunto haya sido un sueño. Es la clase de sueño que puede tener un niño, una de esas cosas que le espantan y se le quedan grabadas en la memoria. ¿No te parece una explicación lógica? Nadie en Dillmouth parece tener ni la más remota idea de que aquí se cometiera un crimen, una muerte inesperada, una desaparición ni ninguna cosa extraña.

En el rostro de Giles apareció una expresión idéntica a la de un niño al que le acaban de quitar su juguete nuevo.

—Supongo que pudo tratarse de una pesadilla —admitió de mala gana. Entonces, recuperó la ilusión—. No. No lo creo. Quizá soñaste con zarpas de mono y un cadáver, pero que me cuelguen si fuiste capaz de soñar la cita de *La duquesa de Malfi*.

—Quizá se la oí recitar a alguien y luego apareció en mi sueño.

—No creo que a una niña pudiera pasarle algo así. No, a menos que estuvieras sometida a una gran tensión. Y si fue así, entonces estamos otra vez como al principio. Espera, ya lo tengo. Tú soñaste con zarpas. Viste el cadáver, oíste las palabras y te asustaste muchísimo. Después tuviste una pesadilla en la que aparecían las zarpas de mono. Es probable que tuvieras miedo de los monos.

—Supongo que podría ser... —manifestó Gwenda poco convencida.

—Es una pena que no recuerdes un poco más. Baja. Cierra los ojos. Piensa. ¿No te acuerdas de nada más?

—No, Giles. Cuanto más me esfuerzo, más borroso me parece todo. Comienzo a dudar de que viera cualquier cosa. Quizá lo de la otra noche en el teatro solo fue una inspiración súbita.

—No. Hubo algo más. Miss Marple también cree lo mismo. ¿Qué me dices de «Helen»? Sin duda recuerdas algo de Helen, ¿no?

—No recuerdo nada en absoluto. Solo es un nombre.

—Quizá ni siquiera es el nombre correcto.

—Sí que lo es. Es Helen —afirmó Gwenda obstinada.

—Entonces, si estás tan segura de que es Helen, tienes que saber algo de ella —opinó Giles con mucha lógica—. ¿La conocías bien? ¿Vivía aquí o solo era una invitada?

—Te digo que no lo sé. —Gwenda comenzaba a mostrarse inquieta y tensa.

Giles cambió de estrategia.

—¿A quién más recuerdas? ¿A tu padre?

—No, no estoy segura. Siempre veía su foto. Tía Alison decía: «Ese es tu papá». No lo recuerdo aquí, en esta casa.

—¿Tampoco a los criados, a la niñera o a alguien así?

—No, no. Cuanto más lo intento, más difícil me resulta. Las cosas que sé son todas inconscientes, como eso de ir hacia una puerta que no está. De forma consciente no recuerdo nada. Tal vez si no me presionaras tanto, Giles, me costaría menos recordar. En cualquier caso, no servirá de nada rememorar todo aquello ahora. Ha pasado mucho tiempo.

—Claro que servirá, incluso Miss Marple lo dijo.

—No nos dio ninguna idea que nos ayudara —manifestó Gwenda—. Sin embargo, por su mirada, sé que tenía unas cuantas. Me pregunto cómo enfocaría ella todo este asunto.

—No creo que sus razonamientos sean muy diferentes de los nuestros —indicó Giles con optimismo—. No sirve de nada especular, Gwenda. Hay que hacer las cosas de una manera sistemática. Ya he comenzado. He revisado el registro de defunciones de la parroquia. No aparece ninguna Helen de la edad que buscamos. En realidad, no hay ni una sola Helen, salvo una tal Ellen Pugg, de noventa y cuatro años. Pasemos ahora a otra cosa importante. Si tu padre y tu madrastra vivieron en esta casa, tuvieron que comprarla o alquilarla.

—Según Foster, el jardinero, una familia llamada Elworthy la tuvo antes que los Hengrave, y, antes de ellos, vivía aquí una tal Mrs. Findeyson. Nadie más.

—Quizá tu padre la compró, vivió aquí unos meses y volvió a venderla. No obstante, me parece mucho más lógico que la alquilara, tal vez con muebles y todo. Si es así, entonces lo que debemos hacer es pasarnos por las agencias inmobiliarias.

Pasar por las agencias inmobiliarias no fue un trabajo difícil. Solo había dos en Dillmouth. Los señores Wilkinson se podían considerar como unos recién llegados. Solo llevaban once años en la ciudad. Se ocupaban sobre todo de las casas de temporada y de las nuevas, las edificadas al otro extremo de la ciudad. Los otros agentes, los señores Galbraith y Penderley, eran quienes le habían vendido la casa a Gwenda. Giles los fue a visitar con el cuento de que él y su esposa estaban encantados con Hillside y Dillmouth. Mrs. Reed se había enterado recientemente de que había residido en Dillmouth cuando era una niña pequeña. Tenía algunos vagos recuerdos del lugar, y estaba casi segura de que Hillside era la casa donde había vivido, pero no lo sabía a ciencia cierta. ¿Tenían algún registro donde se pudiera confirmar que el comandante Halliday había alquilado la casa? Claro que comprendía las dificultades, porque ya habían pasado dieciocho o diecinueve años.

El señor Penderley levantó las manos en un gesto de impotencia.

—Me temo que no se lo podré decir, señor Reed. Nuestros registros no llegan tan atrás, me refiero al alquiler de casas por una temporada o por un año. Lamento muchísimo no poder ayudarlo. La verdad es que solo el viejo, el señor Narracott, el encargado del despacho, podría haberlo ayudado si estuviera vivo, pero murió el año pasado. Tenía una memoria extraordinaria, realmente fabulosa. Trabajó para la agencia durante casi treinta años.

—¿No hay nadie más que pudiera recordarlo?

—Nuestro personal es gente joven. Por supuesto que todavía vive el señor Galbraith. Se retiró hace algunos años.

—¿Podríamos ir a verlo? —preguntó Gwenda.

—No lo sé. —El señor Penderley vaciló—.Tuvo un derrame cerebral el año pasado, que le afectó bastante. Tiene más de ochenta años.

—¿Vive en Dillmouth?

—Sí. En Calcutta Lodge, una casa muy bonita en Seaton Road. Pero la verdad es que no creo...

2

—No hay que hacerse muchas ilusiones, pero nunca se sabe —le comentó Giles a Gwenda—. No le escribiremos para anunciar nuestra visita. Iremos allí los dos y utilizaremos nuestros encantos.

Calcutta Lodge era una casa rodeada de un primoroso jardín, y la sala a la que les hicieron pasar presentaba un aspecto impecable, aunque había demasiados muebles. Olía a cera y a pulidor de metales. Los latones resplandecían. En las ventanas había cortinas dobles.

Una mujer delgada entró en la sala. Observó a los visitantes con una mirada de sospecha.

Giles se apresuró a explicar los motivos de su visita. Miss Galbraith, que los había tomado por una pareja de vendedores a domicilio, cambió de actitud.

—Lo siento, pero no creo que pueda ayudarlos. Ha pasado mucho tiempo, ¿no es así?

—A veces se recuerdan cosas —opinó Gwenda.

—Por supuesto, no sé nada. Nunca tuve relación con el negocio. ¿El comandante Halliday? No, no recuerdo haber conocido a nadie con ese nombre en Dillmouth.

—Quizá su padre lo recuerde —insistió Gwenda.

—¿Mi padre? —Miss Galbraith negó con la cabeza—. Ya casi no se da cuenta de lo que pasa a su alrededor, y su memoria es muy mala.

Gwenda miró con expresión pensativa una mesa de latón de Benarés y una procesión de elefantes de ébano que había en la repisa de la chimenea.

—Pensé que quizá lo recordaría —dijo—, porque mi padre acababa de regresar de la India. Esta casa se llama Calcutta Lodge, ¿no?

Contempló a la mujer con una expresión interrogativa.

—Sí. Mi padre estuvo en Calcuta algún tiempo. Tenía una empresa. Después estalló la guerra y regresó a Inglaterra en 1920. Fundó la agencia, pero siempre dijo que le hubiera gustado volver a la India. A mi madre no le agradaba vivir en el extranjero, y no se puede decir que el clima de la India sea muy sano. La verdad es que no sé qué decirles. Quizá quieran ustedes probar suerte. No sé si hoy tendrá uno de sus días buenos.

Los llevó a un pequeño estudio en la parte de atrás de la casa. Allí se encontraron con un anciano que lucía unos enormes bigotes blancos sentado en un viejo sillón de cuero. Tenía el rostro un tanto desfigurado por el ataque. Miró a Gwenda con una expresión de placer mientras su hija hacía las presentaciones.

—Mi memoria ya no es la de antes —se lamentó con una voz achacosa—. ¿Halliday? No lo recuerdo. Conocí a un chico en la escuela que se llamaba así, pero de eso hace ya setenta años.

—Creemos que le alquiló Hillside —dijo Giles.

—¿Hillside? ¿Se llamaba Hillside? —El señor Galbraith parpadeó varias veces—. Allí vivía Findeyson. Una mujer extraordinaria.

—Mi padre pudo haberla alquilado amueblada. Acababa de regresar de la India.

—¿La India? ¿Ha dicho usted la India? Sí, recuerdo a un tipo, un militar. Conocía al viejo sinvergüenza de Mohamed Hassan, que me estafó con unas alfombras. Tenía una esposa joven y un bebé, una niña.

—Esa era yo —afirmó Gwenda.

—¡Vaya! ¡Cómo pasa el tiempo! ¿Cómo se llamaba?

Quería una casa amueblada, sí. A Mrs. Findeyson le habían recomendado que pasara el invierno en Egipto o en algún otro lugar así. Puras tonterías. ¿Cómo dijo que se llamaba?

—Halliday.

—Eso es, querida. Halliday. El comandante Halliday. Un tipo agradable. Su esposa era muy bonita. Joven y rubia, quería estar cerca de los suyos o algo parecido. Sí, muy bonita.

—¿Quiénes eran los suyos?

—No tengo ni idea. Usted no se le parece.

Gwenda estuvo a punto de decirle que era su madrastra, pero se contuvo para no complicar las cosas.

—¿Qué aspecto tenía?

—Parecía preocupada —respondió el anciano para sorpresa de todos—. Ese era el aspecto que tenía: preocupada. Sí, el comandante era un tipo muy agradable. Se alegró mucho cuando le dije que había estado en Calcuta. No se comportaba como todos esos tipos que nunca han salido de Inglaterra y que no ven más allá de sus narices. Yo sí que he visto mundo. ¿Cómo se llamaba? Quería una casa amueblada.

Parecía un disco rayado.

—St. Catherine's. Eso es. Alquiló St. Catherine's por seis guineas a la semana mientras Mrs. Findeyson estaba en Egipto. Murió allí la pobre. Pusieron la casa en venta. ¿Quién la compró? Sí. La compraron las Elworthy. Eran un montón de hermanas. Le cambiaron el nombre. Dijeron que St. Catherine's era papista. Estaban muy en contra de cualquier cosa papista. Unas mujeres muy sencillas que sentían un interés enorme por los negros. Les enviaban pantalones y biblias. Querían convertir a los paganos.

El viejo exhaló un sonoro suspiro y se reclinó en el sillón.

—Hace mucho tiempo —se quejó—. No recuerdo los nombres. Un tipo de la India... muy agradable. Estoy cansado, Gladys. Quiero tomar el té.

Giles y Gwenda le dieron las gracias. Se despidieron de la hija y se marcharon.

—Bueno, ya tenemos la prueba definitiva —afirmó Gwenda—. Mi padre y yo estuvimos en Hillside. ¿Qué haremos ahora?

—He sido un idiota —exclamó Giles—. Me olvidé por completo de Somerset House.

—¿Qué es Somerset House?

—La sede central del Registro Civil. Buscaré el acta de matrimonio de tu padre. Según tu tía, tu padre se volvió a casar en cuanto desembarcó en Inglaterra. Es muy posible que esa «Helen» fuera parienta de tu madrastra, quizá una hermana menor. En cualquier caso, en cuanto sepamos el apellido de soltera, podremos buscar a alguien más de la familia. Recuerda que el viejo dijo que quería una casa en Dillmouth para estar cerca de la familia de su mujer. Si vivían por esta zona, quizá consigamos algo.

—Giles, creo que eres maravilloso —opinó Gwenda.

3

Giles decidió no ir a Londres. Aunque su naturaleza inquieta le hacía ir de aquí para allá, dispuesto a hacerlo todo por su cuenta, admitió que cualquier otro podía encargarse de una investigación rutinaria. Llamó desde su oficina para dar el recado.

—Ya lo tengo —exclamó entusiasmado cuando recibió la respuesta. Sacó del sobre una copia legalizada del acta de matrimonio.

—Aquí está, Gwenda. Viernes, 7 de agosto, Registro Civil de Kensington. Kelvin James Halliday y Helen Spenlove Kennedy.

—¡Helen! —gritó Gwenda.

Se miraron el uno al otro.

—No pudo ser ella —manifestó Giles con voz pausada—. Me refiero a que se divorciaron, ella se volvió a casar y se marchó.

—No sabemos si se marchó —señaló Gwenda.

Miró el nombre escrito en el documento: Helen Spenlove Kennedy.

Helen...

Capítulo 7

El doctor Kennedy

1

Gwenda caminaba por el paseo marítimo, azotado por un viento húmedo, cuando se detuvo bruscamente junto a uno de los refugios de cristal instalados por el ayuntamiento en las paradas de autobús.

—¿Miss Marple? —soltó sorprendida.

Se trataba en efecto de Miss Marple, bien resguardada del frío con un grueso abrigo de lana y una bufanda al cuello.

—No dudo que sea una sorpresa para usted encontrarme aquí —respondió Miss Marple con tranquilidad—. Mi médico me prescribió que pasara unos días en la costa y, como su descripción de Dillmouth me pareció muy agradable, decidí venir aquí. Me alojo en una pensión que regentan una antigua cocinera y el mayordomo de una amiga mía.

—¿Por qué no ha venido a vernos? —preguntó Gwenda.

—Los viejos solemos ser un incordio, querida. Las parejas recién casadas necesitan disfrutar de su intimidad. —Acalló la protesta de Gwenda con una sonrisa—. Estoy segura de que ustedes dos me hubieran recibido con los brazos abiertos. ¿Cómo están? ¿Han hecho progresos en la investigación del misterio?

—Hemos dado con una pista muy prometedora —respondió Gwenda, mientras se sentaba junto a la anciana.

Le relató todas las investigaciones que llevaban hechas hasta el momento.

—Ahora —añadió— hemos puesto un anuncio en no sé cuántos periódicos, en todos los locales y también en algunos de los nacionales, para solicitar que cualquiera que sepa algo de Helen Spenlove Halliday, cuyo nombre de soltera era Kennedy, se ponga en contacto con nosotros. Estoy segura de que alguien nos responderá.

—No me cabe la menor duda, querida.

El tono de Miss Marple era tan plácido como siempre, pero en su mirada se reflejaba una cierta preocupación. Miró de reojo a la joven. A pesar del entusiasmo que había demostrado, le pareció que no era del todo sincero. A su juicio, la muchacha estaba preocupada. Quizá aquello que el doctor Haydock había llamado «implicaciones» habían comenzado a hacer mella en su decisión. Claro que ahora era demasiado tarde para echarse atrás.

—La verdad es que todo este asunto me interesa mucho —comentó Miss Marple como si quisiera disculparse—. A mis años no se puede disfrutar de muchas emociones. Confío en que no me tome por una entrometida si le pido que me mantenga informada de sus progresos.

—Por supuesto que lo haremos —respondió la joven—. Lo sabrá usted todo. De no haber sido por usted, estaría dándoles la lata a los médicos para que me encerraran en un manicomio. Dígame su dirección. Tiene usted que venir a tomar una copa, quiero decir a tomar el té con nosotros y ver la casa. Querrá inspeccionar el escenario del crimen, ¿no?

Gwenda se rio, pero su risa no sonó del todo alegre.

Miss Marple la observó marcharse. Después negó con la cabeza, al tiempo que fruncía el entrecejo.

2

Giles y Gwenda no hacían otra cosa que estar pendientes del correo, pero sus expectativas parecían ir por mal camino. Lo único que recibieron durante la primera semana fueron dos cartas de agencias de investigación privadas que ofrecían sus servicios.

—Ya habrá tiempo para llamarlos —opinó Giles—. Si tenemos que contratar a una agencia, que sea una muy buena y no una que busque clientes en los anuncios. La verdad es que no entiendo qué pueden hacer que no estemos haciendo nosotros.

El optimismo (o la confianza) del joven quedó justificado la semana siguiente, cuando recibieron una carta escrita con la caligrafía típica de los médicos.

Galls Hill
Woodleigh Bolton

Estimado señor:

En respuesta a su anuncio en The Times, *le comunico que Helen Spenlove Kennedy es mi hermana. Hace años que perdí el contacto con ella y me alegraría mucho tener noticias suyas.*

Cordialmente,

James Kennedy
Doctor en Medicina

—Woodleigh Bolton —dijo Giles—. No está muy lejos. Es donde la gente va de excursión. Es la zona de los páramos. A unos cincuenta kilómetros de aquí. Le escribiremos al doctor Kennedy para preguntarle si quiere que vayamos a verlo o si prefiere venir aquí.

El doctor Kennedy respondió que los recibiría el miércoles siguiente, y, cuando llegó el día, la pareja se puso en marcha.

Woodleigh Bolton era un pueblo de casas en la ladera de una colina. Galls Hill se levantaba en la cumbre, con vistas a Woodleigh Camp y a los páramos que se extendían hacia el mar.

—Un lugar un tanto lúgubre —comentó Gwenda con un estremecimiento.

También la casa era lúgubre y saltaba a la vista que el doctor Kennedy despreciaba las innovaciones modernas como la calefacción central. La mujer que abrió la puerta no desentonaba en absoluto con la casa e imponía respeto. Los llevó a través de un vestíbulo, donde solo había un par de muebles, hasta el despacho donde los recibió el doctor Kennedy. La habitación era rectangular, con el techo muy alto y librerías en todas las paredes.

El doctor Kennedy era un hombre mayor de pelo canoso, cejas hirsutas y mirada astuta. Observó a la pareja con mucha atención.

—¿Mr. y Mrs. Reed? Siéntese aquí, Mrs. Reed, estará más cómoda. Bien, ¿de qué se trata?

Giles le endilgó la historia que traía preparada.

Se habían casado hacía poco en Nueva Zelanda. Habían venido a Inglaterra, donde su esposa había vivido una temporada durante la infancia, y ella intentaba encontrar a los viejos amigos de la familia.

El doctor Kennedy le escuchó cortésmente, pero era obvio que se sentía irritado por la insistencia en el sentimentalismo de los lazos familiares.

—¿Usted cree que mi hermana, mejor dicho, mi hermanastra, y quizá yo también, estamos emparentados con usted? —le preguntó a Gwenda con una mal disimulada hostilidad.

—Ella era mi madrastra —le aclaró Gwenda—. Por supuesto, no la recuerdo. Yo era muy pequeña. Mi nombre de soltera es Halliday.

El médico la observó con atención y, entonces, sin más, una sonrisa apareció en su rostro. Se convirtió en otra persona, mucho más atenta.

—¡Por todos los santos! ¡No me diga que usted es Gwennie!

Gwenda asintió con entusiasmo. El diminutivo, olvidado después de tantos años, sonó en sus oídos con una familiaridad tranquilizadora.

—Sí, yo soy Gwennie.

—¡Que Dios me bendiga! Hecha toda una mujer y casada. ¡Cómo pasa el tiempo! Han pasado... ¿Cuántos? ¿Quince años? No, muchos más. Supongo que no me recuerda.

Gwenda negó con la cabeza.

—Ni siquiera recuerdo a mi padre. Me refiero a que todo es algo muy vago.

—Desde luego. La primera esposa de Halliday era de Nueva Zelanda. Recuerdo que me lo dijo. Un país muy bonito.

—El más bonito del mundo, pero también me gusta mucho Inglaterra.

—¿Están de visita o tienen la intención de instalarse aquí? —Tocó el timbre—. Tomaremos el té. —La mujer alta abrió la puerta y asomó la cabeza—. Sírvanos el té, por favor, y traiga unas tostadas con mantequilla o pastel, si es que aún queda.

El ama de llaves le dirigió una mirada envenenada, pero dijo «sí, señor» y se marchó.

—No acostumbro a tomar el té —explicó el doctor Kennedy en un tono distraído—, pero esto hay que celebrarlo.

—Es muy amable por su parte —manifestó Gwenda—. No, no estamos de paso. Hemos comprado una casa. —Hizo una pausa y añadió—: Hillside.

—Ah, sí. En Dillmouth —dijo el médico con el mismo tono de antes—. Me escribió desde allí.

—Fue una coincidencia extraordinaria —señaló Gwenda—. ¿No es así, Giles?

—Yo diría que sí. Realmente extraordinaria.

—Estaba en venta —continuó Gwenda, ante la aparente incomprensión del doctor Kennedy—. Es la misma casa donde vivimos hace tantos años.

—¿Hillside? —El doctor Kennedy frunció el entrecejo—. Pero no... Ah, sí, alguien me dijo que le habían cambiado el nombre. Se llamaba St. No-sé-cuántos, si es que hablamos de la misma casa, en Leahampton Road, entrando a la ciudad, a mano derecha.

—Sí.

—Es curioso cómo se olvidan los nombres. Espere un momento. St. Catherine's. Ese es el nombre que tenía entonces.

—Yo viví allí, ¿verdad?

—Sí, por supuesto. —El médico miró a la joven con una expresión casi risueña—. ¿Por qué ha escogido venir aquí? No es posible que recuerde gran cosa.

—No, pero en parte es como estar en casa.

—Estar en casa —repitió Kennedy. No había emoción en sus palabras, pero Giles se preguntó en qué estaría pensando.

—Verá —dijo Gwenda—, confiaba en que usted me contaría algo de mi padre, de Helen... —Se interrumpió, vacilante, y acabó por añadir—: De todo.

El doctor Kennedy la miró pensativo.

—Supongo que ellos no sabían gran cosa, me refiero a su familia en Nueva Zelanda. ¿Cómo podían saberlo? No hay mucho que contar. Helen, mi hermana, regresaba de la India en el mismo barco que su padre. Era un viudo con una hija pequeña. Helen sintió pena del hombre y se enamoró de Halliday, o quizá él se enamoró de Helen, empujado por la soledad. Es difícil saber cómo ocurren esas cosas. Se casaron en cuanto llegaron a Londres y vinieron a verme a Dillmouth, donde tenía la consulta. Kelvin Halliday parecía un buen tipo, un tanto nervioso y castigado por la vida, pero se llevaban bien y eran felices, por lo menos en aquel entonces. —Hizo una pausa bastante larga, para después añadir—: Sin embargo, al cabo de menos de un año, ella se fugó con otro hombre. ¿Lo sabía?

—¿Con quién se fugó?

—No me lo dijo. —Kennedy la contempló fijamente—. No confió en mí. Yo ya veía, era imposible no verlo, que las relaciones entre ella y Kelvin eran tensas. No sabía la razón. Siempre he sido un hombre chapado a la antigua, creo en la fidelidad matrimonial. Helen no quería que supiera lo que estaba pasando. Me habían llegado rumores, pero no se mencionó ningún nombre. A menudo recibían invitados de Londres o de otras partes del país, que se alojaban en la casa. Supongo que sería alguno de ellos.

—Entonces, ¿no se divorciaron?

—Helen no quería el divorcio. Kelvin me lo dijo. Eso me llevó a pensar, quizá erróneamente, que se trataba de un hombre casado, alguien cuya esposa era católica romana.

—¿Qué dijo mi padre?

—Él tampoco quería el divorcio —respondió Kennedy sin añadir nada más.

—Hábleme de mi padre. ¿Por qué decidió sin más enviarme a Nueva Zelanda?

—Tengo entendido que sus familiares de allí lo presionaban —explicó Kennedy después de una breve pausa—. Tras el fracaso de su segundo matrimonio, quizá consideró que era lo mejor.

—¿Por qué no me llevó él?

El doctor Kennedy dirigió su mirada hacia la repisa de la chimenea en busca de un limpiapipas.

—No estoy seguro. No estaba muy bien de salud.

—¿Qué le pasaba? ¿De qué murió?

Se abrió la puerta y entró el ama de llaves con la bandeja del té. No traía pastel, pero sí tostadas con mantequilla y mermelada.

El doctor Kennedy, con un ademán indefinido, le indicó a Gwenda que sirviera el té. Cuando todos tuvieron sus tazas llenas y Gwenda se sirvió una tostada, el médico manifestó con una alegría forzada:

—Dígame, ¿qué han hecho con la casa? Supongo que no podré reconocerla cuando ustedes dos acaben con las reformas.

—La verdad es que nos lo estamos pasando bastante bien con la instalación de los nuevos baños —afirmó Giles.

—¿De qué murió mi padre? —insistió Gwenda sin desviar la vista del médico.

—No se lo puedo decir, querida. Como le contaba, estaba mal de salud y acabó por ingresar en un sanatorio, en algún lugar de la costa este. Murió al cabo de unos dos años.

—¿Dónde estaba el sanatorio?

—Lo lamento, pero ahora mismo no lo recuerdo. Solo que estaba en la costa este.

Era obvio que el médico no quería decirlo. Giles y Gwenda intercambiaron una mirada.

—Por lo menos, doctor —intervino Giles—, podría decirnos dónde está enterrado. Gwenda, como es natural, está ansiosa por visitar su tumba.

El doctor Kennedy se inclinó sobre el hogar y raspó la cazoleta de la pipa con un cortaplumas.

—¿Sabe? —dijo con una voz poco clara—, no creo que deba remover mucho el pasado. El culto a los ancestros es un error. Lo que importa es el futuro. Aquí están ustedes dos, jóvenes y sanos, con toda la vida por delante. Piensen en el futuro. No sirve de nada ir a poner flores en la tumba de alguien a quien, en realidad, apenas conoció.

—Me gustaría ver la tumba de mi padre —insistió Gwenda en un tono rebelde.

—Mucho me temo que no puedo ayudarla. —La voz del doctor había recuperado parte de la frialdad anterior—. Ha pasado mucho tiempo y mi memoria ya no es lo que era. Perdí el contacto con su padre cuando se marchó de Dillmouth. Creo que me escribió una vez desde el sanatorio y, como dije, tengo la impresión de que se encontraba en la costa este, pero no estoy seguro. Tampoco tengo ni idea del lugar donde está enterrado.

—Qué extraño —manifestó Giles.

—No tanto. Helen era el único vínculo entre nosotros. Siempre la quise mucho. Era mi hermanastra y mucho más joven que yo, pero intenté criarla lo mejor que pude. Las mejores escuelas y todas esas cosas. Sin embargo, admito que su carácter nunca fue demasiado estable. Tuvo algunos problemas cuando era muy joven con un muchacho indeseable. Por suerte pude solucionarlo. Después, decidió irse a la India y casarse con Walter Fane. Eso estuvo muy bien. Un buen muchacho, hijo del mejor abogado de Dillmouth, pero, entre nosotros, la mar de aburrido. Él la quería con locura, pero Helen ni siquiera lo miraba. Así y todo, cambió de idea y se fue a la India para casarse. Sin embargo, en cuanto volvió a verlo, se acabó todo. Me envió un telegrama pidiéndome dinero para el pasaje de regreso. Se lo mandé. En el viaje de vuelta, conoció a Kelvin. Se casó sin decirme nada. Me sentía culpable por el mal comportamiento de mi hermana. Ese es el motivo por el que Kelvin y yo no seguimos en contacto cuando ella se marchó. —Hizo una pausa y después preguntó con brusquedad—: ¿Dónde está Helen? ¿Pueden decírmelo? Me gustaría ponerme en contacto con mi hermana.

—Pero si no lo sabemos... —respondió Gwenda—. No sabemos nada de nada.

—Oh, creí por el anuncio... —Miró a la pareja con una expresión de curiosidad—. Díganme, ¿por qué publicaron el anuncio?

—Queríamos ponernos en contacto... —Gwenda se interrumpió.

—¿Con alguien a quien apenas recordaba? —preguntó Kennedy intrigado.

—Creí que si conseguía ponerme en contacto con ella, podría hablarme de mi padre —contestó Gwenda apresuradamente.

—Sí, sí, lo comprendo. Lamento no poder serles útil. Mi memoria no es la de antes y ha pasado mucho tiempo.

—Por lo menos podría decirnos cuál era la especialidad del sanatorio. ¿Era una institución para tuberculosos?

El doctor Kennedy volvió a adoptar una expresión pétrea.

—Sí, creo que lo era.

—Entonces no tendremos ninguna dificultad para encontrarla —afirmó Giles—. Muchas gracias, doctor, por todo lo que nos ha dicho.

Se levantó y Gwenda hizo lo mismo.

—Muchas gracias —se despidió Gwenda—. Espero que venga a visitarnos a Hillside.

Salieron del despacho y Gwenda, que echó un último vistazo por encima del hombro, observó al doctor Kennedy, que se tiraba de los bigotes con aire preocupado.

—Sabe algo que no nos quiere decir —afirmó Gwenda, mientras subían al coche—. Hay algo... Oh, Giles. Ahora me arrepiento de haber comenzado a investigar todo esto.

Intercambiaron una mirada y cada uno sintió el mismo ramalazo de miedo.

—Miss Marple tenía razón —añadió Gwenda—. No tendríamos que haber removido el pasado.

—Nadie nos obliga a seguir adelante —replicó Giles en tono de duda—. Quizá, querida, sería mejor para todos dejarlo correr.

Gwenda negó con la cabeza.

—No, Giles, ahora no podemos abandonar. No dejaríamos de imaginar cosas. No, debemos seguir. El doctor Kennedy no ha querido contarnos nada en un intento de ser bondadoso, pero eso no está bien. Tenemos que seguir investigando hasta descubrir lo que pasó de verdad. Incluso si fue mi padre quien... —No pudo seguir hablando.

Capítulo 8

La alucinación obsesiva de Kelvin Halliday

A la mañana siguiente, se encontraban en el jardín cuando apareció Mrs. Cocker para avisar a Giles de que el doctor Kennedy estaba al teléfono.

Giles dejó a Gwenda con el viejo Foster y entró en la casa para atender la llamada.

—Giles Reed —dijo.

—Soy el doctor Kennedy. He estado pensando en nuestra conversación de ayer, señor Reed. Hay algunos hechos que quizá usted y su esposa tendrían que saber. Si me acerco esta tarde, ¿estarán ustedes en casa?

—Por supuesto. ¿A qué hora?

—¿Las tres?

—De acuerdo.

En el jardín, Foster le preguntó a Gwenda:

—¿Es el mismo doctor Kennedy que vivía en West Cliff?

—Supongo que sí. ¿Lo conoce?

—Fue el mejor médico que tuvimos por aquí, aunque el doctor Lazenby era más popular. Siempre tenía una sonrisa y una palabra amable para darte ánimos. En cambio, el doctor Kennedy siempre era muy parco y seco, pero conocía muy bien su oficio.

—¿Cuándo dejó de ejercer la medicina?

—Hace mucho tiempo. Hará cosa de unos quince años o más. Dijeron que estaba enfermo.

Giles se asomó al ventanal y respondió a la pregunta muda de Gwenda.

—Vendrá esta tarde.

—Oh. —La joven miró otra vez al jardinero—. ¿Conoció usted a la hermana del doctor Kennedy?

—¿Hermana? No que yo recuerde. Era una niña pequeña. Se marchó a la escuela y después al extranjero, aunque oí que había regresado algún tiempo después de casarse. Pero creo que se largó con un tipo. Decían que siempre había sido bastante descarada. No sé si llegué a verla en alguna ocasión. Por aquel entonces, yo tenía un trabajo en Plymouth.

Gwenda se despidió del jardinero y después le preguntó a Giles, mientras paseaban por la terraza:

—¿Para qué viene?

—Lo sabremos a las tres.

El doctor Kennedy fue puntual. Echó un vistazo a la sala y comentó:

—Se me hace raro volver a estar aquí. —Luego pasó al motivo de su visita sin más preámbulos—: Supongo que ustedes dos están muy decididos a localizar el sanatorio donde murió Kelvin Halliday y a enterarse de todo lo referente a su enfermedad, ¿no es así?

—En efecto —dijo Gwenda.

—Está claro que no les costará mucho averiguarlo, así que he llegado a la conclusión de que les resultará menos traumático si yo los pongo al corriente de los hechos.

Lamento tener que decírselo, porque no les hará a ustedes ni a nadie ningún bien y probablemente usted, Gwennie, será la que más sufra. Pero así son las cosas. Su padre no era tuberculoso y el sanatorio donde estaba ingresado era una institución psiquiátrica.

—¿Un psiquiátrico? Entonces, ¿estaba loco?

El rostro de Gwenda mostraba una palidez mortal.

—Nunca se emitió un dictamen y, en mi opinión, no estaba loco en el sentido general del término. Había tenido una crisis nerviosa muy severa y padecía de una alucinación obsesiva. Ingresó en el sanatorio por su propia voluntad y habría podido marcharse cuando hubiera querido. Sin embargo, su estado mental no mejoró y acabó por fallecer.

—¿Alucinación obsesiva? —preguntó Giles—. ¿Qué clase de alucinación?

—Creía haber estrangulado a su esposa —contestó el doctor Kennedy con un tono seco.

Gwenda no consiguió ahogar un grito. Giles se apresuró a cogerle una mano, que estaba helada.

—¿Lo hizo? —quiso saber Giles.

—¿Eh? —El doctor Kennedy lo miró desconcertado—. No, por supuesto que no. Nunca hizo nada por el estilo.

—¿Cómo puede estar seguro? —preguntó Gwenda con voz temblorosa.

—¡Mi querida joven! Nunca tuvo la oportunidad. Helen lo abandonó por otro hombre. Llevaba tiempo desequilibrado: fantasías enfermizas, postraciones nerviosas. El *shock* final le hizo perder el control. No soy psiquiatra. Ellos tienen explicaciones para estos casos. Si un hombre prefiere creer que su mujer está muerta a que le es infiel, llegará a convencerse de que lo está e incluso de que la ha matado.

Giles y Gwenda intercambiaron una mirada de advertencia.

—¿Está usted por completo seguro de que no hizo lo que afirmaba? —preguntó Giles.

—Absolutamente seguro. Recibí dos cartas de Helen. La primera, desde Francia, más o menos una semana después de marcharse, y la otra al cabo de seis meses. Todo el asunto no fue más que una alucinación.

Gwenda inspiró con fuerza.

—Por favor, ¿me lo contará todo?

—Le contaré todo lo que sé, querida. Para empezar, Kelvin llevaba algún tiempo en un peculiar estado neurótico. Lo habló conmigo. Dijo que había tenido varios sueños inquietantes. Siempre era el mismo y acababa de la misma manera: estrangulaba a Helen. Intenté llegar al fondo del problema; me dije que el origen estaba en algún conflicto de la infancia. Sus padres no habían sido una pareja feliz. No es necesario entrar en eso ahora, solo es interesante desde el punto de vista médico. Le sugerí a Kelvin que visitara a un psiquiatra, había varios muy buenos, pero no quiso ni oír hablar del tema, lo consideró una tontería.

»Se me ocurrió que él y Helen no se llevaban muy bien, pero nunca lo mencionó y no quise hacer preguntas. Entonces llegó un momento en que la situación se volvió insostenible. Una noche se presentó en mi casa, recuerdo que era viernes. Al regresar del hospital, me lo encontré esperándome en la consulta; llevaba allí alrededor de un cuarto de hora. En cuanto me vio, lo primero que dijo fue: "He matado a Helen".

»Me quedé de una pieza, sin saber qué responder. Se mostraba tan tranquilo y seguro... Le pregunté: "¿Me estás diciendo que has tenido otro sueño?", y él me dijo: "Esta vez no es un sueño. Es la verdad. Está en casa, muerta. La he estrangulado".

»Permaneció en silencio durante un momento y después añadió con la misma tranquilidad de antes: "Creo que lo mejor es que me acompañes a casa. Podrás llamar a la policía desde allí". No sabía qué pensar. Saqué el coche del garaje y fuimos a su casa. Estaba a oscuras y reinaba el más absoluto silencio. Subimos al dormitorio...

—¿Al dormitorio? —lo interrumpió Gwenda asombrada.

El doctor Kennedy la miró desconcertado.

—Sí, sí, fue allí donde ocurrió todo. Por supuesto, cuando entramos en el dormitorio, todo estaba en orden. ¡No había ningún cadáver en la cama! No había nada fuera de lugar, ni una arruga en la manta. Todo el asunto había sido una alucinación.

—¿Qué dijo mi padre?

—Insistió en su historia, por supuesto. La creía de verdad. Lo convencí para que tomara un sedante y se acostara en una cama que había en el vestidor. Después eché una ojeada por las habitaciones. Encontré la nota que había dejado Helen hecha una bola en la papelera de la sala. Todo estaba muy claro. La nota decía algo así: «Adiós. Lo siento mucho, pero nuestro matrimonio fue un error desde el principio. Me marcho con el único hombre al que siempre he querido. Perdóname si puedes. Helen».

»Era obvio que Kelvin había entrado en la casa, había leído la nota y, al subir al dormitorio, había sufrido un ataque de locura transitoria. Se convenció de que había matado a Helen y acudió a mí para contármelo.

»Hablé con el ama de llaves. Era su día libre y regresó bastante tarde. Le pedí que me acompañara al cuarto de Helen y que mirara en los armarios. Faltaban varias prendas y no cabía ninguna duda de que Helen se había marchado con una maleta y un bolso de mano. Recorrí el resto de la casa y no encontré nada extraño. Ni el menor rastro de una mujer estrangulada.

»Mantuve una conversación bastante difícil con Kelvin por la mañana, pero él comprendió finalmente que había sufrido una alucinación o, por lo menos, eso dijo. Aceptó ir a un sanatorio para someterse a un tratamiento.

»Al cabo de una semana, tal como dije, recibí una carta de Helen. La enviaba desde Biarritz, pero me decía que se marchaba a España. Me pidió que le dijera a Kelvin que no quería el divorcio y que lo mejor que podía hacer era olvidarla para siempre.

»Le llevé la carta a Kelvin. Apenas hizo algún comentario. Seguiría adelante con sus planes. Envió un telegrama a los familiares de su primera esposa en Nueva Zelanda para pedirles que se hicieran cargo de su hija. Puso en orden sus asuntos y después él ingresó en un psiquiátrico de primera para someterse a tratamiento. Sin embargo, el tratamiento no lo ayudó en nada. Murió allí al cabo de dos años. Puedo darles la dirección. Está en Norfolk. El actual director era uno de los médicos internos cuando ingresaron a su padre y, seguramente, podrá darles todos los detalles.

—¿Dice usted que recibió otra carta de su hermana?

—Sí, unos seis meses más tarde. Me escribió desde

Florencia. Si quería enviarle una carta, debía hacerlo a nombre de «Señorita Kennedy. Lista de correos». Decía que sería una injusticia negarle el divorcio a Kelvin, aunque ella no lo deseaba. Si él lo pedía, debía informarla para que ella le facilitara las pruebas. Una vez más, le llevé la carta a Kelvin. Él me respondió de inmediato que no quería el divorcio. Le escribí a Helen para decírselo. Desde entonces, no he vuelto a saber nada más. No sé dónde vive, ni si está viva o muerta. Por eso respondí al anuncio y confiaba en tener noticias de mi hermana.

»Lo siento mucho, Gwennie, pero usted tenía que saberlo. Lo único que lamento es que usted haya removido todo este asunto.

Capítulo 9

¿Un factor desconocido?

1

Giles volvió a la sala después de acompañar al doctor Kennedy hasta el coche, y se encontró a Gwenda sentada donde la había dejado. Tenía las mejillas encendidas y los ojos le brillaban como si tuviera fiebre.

—¿Cómo era ese dicho? —preguntó con voz áspera—. «Lo mires por donde lo mires, estás loco o muerto.» Define este caso a la perfección.

—Gwenda, querida. —Giles se acercó a ella y la abrazó. Notó su cuerpo rígido, la tensión de los músculos.

—¿Por qué tuvimos que meternos en esto? ¿Por qué? Fue mi padre el estrangulador. Era la voz de mi padre la que dijo las palabras que escuché. No me extraña que lo recordara, que me asustara tanto. Mi propio padre.

—Espera, Gwenda, espera. En realidad no sabemos...

—¡Claro que lo sabemos! Le dijo al doctor Kennedy que había estrangulado a su esposa, ¿no?

—Pero Kennedy está muy seguro de que...

—Porque no encontró el cadáver. Pero había un cadáver. Lo vi.

—Lo viste en el vestíbulo, no en el dormitorio.

—¿Qué más da?

—No deja de ser extraño, ¿no te parece? ¿Por qué Halliday iba a decir que estranguló a su esposa en el dormitorio si la había estrangulado en el vestíbulo?

—No lo sé. Es un detalle sin importancia.

—No estoy tan seguro. Anímate, querida. Hay algunos puntos bastante curiosos en todo este asunto. Aceptemos, si quieres, que tu padre estranguló a Helen. En el vestíbulo. ¿Qué pasó después?

—Fue a ver al doctor Kennedy.

—Para decirle que había estrangulado a su esposa en el dormitorio, lo trajo aquí y no había ningún cadáver en el dormitorio ni en el vestíbulo. Maldita sea, no puede haber un asesinato sin un cadáver. ¿Qué hizo con el cuerpo?

—Quizá había uno y el doctor Kennedy le ayudó a ocultarlo. Por supuesto, eso no nos lo dirá.

Giles negó con la cabeza.

—No, Gwenda. No me imagino a Kennedy actuando de esa manera. Es un escocés testarudo, astuto y poco dado a los sentimentalismos. Estás sugiriendo que aceptó voluntariamente convertirse en cómplice de un crimen. No me lo creo. Lo único que le creo capaz de hacer es presentarse como testigo para certificar que tu padre sufría un desequilibrio mental. Pero ¿por qué iba a jugarse el cuello para ocultar todo el asunto? Kelvin Halliday no era familiar suyo, ni un amigo íntimo. Habían asesinado a su hermana, a la que quería mucho, aunque no aprobaba su ligereza de cascos. No, Kennedy nunca aceptaría ocultar un asesinato. Si lo hizo, solo había una manera, y sería firmando un certificado de defunción donde dijera que había muerto como consecuencia de un infarto o algo así. Supongo que le podría haber salido bien, pero sabemos que no lo hizo. No hay ninguna constancia de su fallecimiento en los registros de la parroquia, y, si hubiera muerto, él nos lo habría dicho. Tómalo como un punto de partida y explícame, si puedes, qué pasó con el cadáver.

—Quizá mi padre lo enterró en alguna parte. ¿Tal vez en el jardín?

—¿Lo enterró y después se fue a ver a Kennedy para decirle que había asesinado a su esposa? ¿Por qué? ¿Por qué no le contó la historia de que ella se había fugado?

Gwenda se apartó un mechón de pelo de la frente. Se la veía menos tensa y las manchas de color en las mejillas se iban borrando poco a poco.

—No lo sé —admitió—. Todo parece bastante retorcido visto de esa manera. ¿Crees que el doctor Kennedy nos dijo la verdad?

—Sí. Estoy seguro. Desde su punto de vista es una explicación muy razonable. Sueños, alucinaciones, una crisis nerviosa. Cree que fue una alucinación porque, como dijimos, no puede haber un asesinato sin cadáver. Aquí es donde diferimos de su versión, porque sabemos que había un cuerpo. Para él todo encaja: las prendas y la maleta, la nota de despedida y, más tarde, las dos cartas de su hermana.

—Ahora que mencionas las cartas, ¿qué explicación les damos?

—No lo sé, pero debemos encontrarla. Si asumimos que Kennedy nos dijo la verdad, y creo que así fue, tenemos que hallar una explicación a las cartas.

—Supongo que estarían escritas del puño y letra de su hermana, ¿no? ¿Reconoció la letra?

—No creo que nadie se preocupara por esa cuestión. No se trataba de una firma dudosa en un cheque. Si las cartas estaban escritas con una imitación de la letra de su hermana más o menos pasable, no se le ocurriría dudar. Tenía la idea preconcebida de que se había fugado con alguien. Las cartas lo confirmaban. Quizá habría sospechado otra cosa si no las hubiese recibido. En cualquier caso, hay algunos detalles curiosos sobre esas cartas que puede que a él no le llamaran la atención, pero a mí sí. Son demasiado anónimas. No hay dirección, salvo una lista de correos. Ninguna mención a la identidad del supuesto amante, pero sí una manifestación muy clara de la voluntad de cortar con los viejos vínculos. Lo que quiero decir es que es la clase de cartas que escribiría un asesino para disipar las sospechas de la familia de la víctima. Conseguir que envíen una carta desde el extranjero no es nada difícil.

—¿Crees que mi padre...?

—No, no lo creo, y punto. Pongamos por caso a un hombre que ha decidido asesinar a su esposa. Hace correr el rumor de que le es infiel. Monta todo el escenario de la fuga: una nota de despedida, la maleta con lo imprescindible, las cartas que serán enviadas como si fuesen de ella desde algún país extranjero en el momento oportuno. En realidad, lo que ha hecho es asesinarla para después ocultar el cadáver, digamos en el sótano. Es un plan válido y se ha llevado a la práctica en más de una ocasión. Pero lo que no hace un asesino tan meticuloso es ir corriendo a ver a su cuñado para decirle que ha matado a su mujer y que llame a la policía.

»Por otro lado, si se trató de un crimen pasional y tu padre estaba tan enamorado de su esposa que la estranguló en un ataque de celos, más o menos como Otelo, eso encajaría con las palabras que oíste, pero nunca se le ocurriría hacer una maleta con sus prendas y escribir esas cartas, antes de ir a explicarle su crimen a un hombre que nunca accedería a ocultar el hecho. Aquí hay muchas cosas que no cuadran, Gwenda. Todo el esquema es erróneo.

—¿Adónde quieres ir a parar?

—No lo sé. Es como si en todo esto hubiera un factor desconocido, llámalo X, alguien que aún no ha aparecido, pero de cuya presencia se notan rastros.

—¿X? —preguntó Gwenda intrigada. Sus ojos se oscurecieron—. Te lo estás inventando, Giles, para consolarme.

—Te juro que no. ¿No te das cuenta de que no hay un esquema en el que encajen todos los hechos? Sabemos que a Helen Halliday la estrangularon porque tú viste... —Se interrumpió—. ¡Santo cielo! Soy un estúpido. Ahora lo entiendo. Ahora sí que encaja todo. Tú tienes razón y Kennedy también. Escucha, Gwenda. Helen estaba preparando la fuga con su amante, cuya identidad no sabemos.

—¿X?

Giles no hizo caso de la interrupción.

—Helen acababa de escribirle una nota a tu padre, pero en aquel momento él apareció, leyó la nota y perdió el control. Hizo una bola con el papel, lo arrojó a la papelera y fue a por Helen. Ella, aterrorizada, intentó escapar, pero él la alcanzó en el vestíbulo, le echó las manos al cuello y comenzó a estrangularla. La mujer perdió el conocimiento, él creyó que estaba muerta y la soltó. Entonces, se apartó y citó las palabras de *La duquesa de Malfi* en el momento en que la niña que estaba en la planta superior bajaba la escalera y espiaba a través de los barrotes.

—¿Qué pasó después?

—Ahora llegamos a la clave de todo este asunto: ella no estaba muerta. Tu padre creyó que sí, pero ella solo se había desmayado. Quizá llegó su amante, mientras el marido corría a casa del médico, al otro extremo de la ciudad, o tal vez ella recuperó el conocimiento. La cuestión es que, en cuanto abrió los ojos, se largó, sin perder ni un segundo. Eso lo explicaría todo: la convicción de Kelvin de que la había matado; la desaparición de la maleta; las cartas, que resultan ser auténticas. Ahí lo tienes: todo explicado.

—No explica por qué Kelvin dijo que la había matado en el dormitorio —señaló Gwenda.

—Estaba tan ofuscado que ya no sabía dónde había pasado todo.

—Me gustaría creerte, quiero hacerlo, pero continúo pensando que, cuando la vi, estaba muerta y bien muerta.

—¿Cómo podías saberlo? Eras una niña de tres años.

Gwenda lo miró con una expresión curiosa.

—Creo que los niños se dan cuenta de algunas cosas mucho mejor que los adultos. Pasa lo mismo que con los perros. Saben lo que es la muerte y aúllan. Creo que los niños conocen la muerte.

—Eso es una tontería...

Lo interrumpió un timbrazo.

—Vaya, ¿quién puede ser?

—Lo había olvidado —exclamó Gwenda compungida—. Es Miss Marple. La invité a tomar el té. Ni se te ocurra contarle nada de todo esto.

2

Gwenda tenía miedo de que la merienda resultara un fracaso, pero afortunadamente Miss Marple no pareció advertir que su anfitriona hablaba demasiado rápido y sin mucha coherencia, y que su alegría era un tanto forzada. La anciana también se mostró muy locuaz: estaba disfrutando muchísimo de su estancia en Dillmouth y, ¿no era fantástico?, algunas amigas comunes le habían escrito a una dama que conocían en Dillmouth y, como resultado, había recibido algunas invitaciones muy amables de residentes en la ciudad.

—Una se siente mucho más a gusto, ustedes ya me entienden, si conoce a unas cuantas personas que llevan años viviendo aquí. Me han invitado a tomar el té con Mrs. Fane, la viuda de un abogado que dirigía el mejor bufete de la ciudad. Una firma familiar. Su hijo lleva el despacho.

La anciana continuó con el amable cotilleo. La dueña de la pensión era muy atenta, se desvivía por ella y cocinaba de maravilla.

—Era la cocinera de mi vieja amiga Mrs. Bantry. No es de este lugar, pero tenía una tía que vivió aquí muchos años, y ella y su marido venían a pasar las vacaciones, así que conoce bastante bien las historias locales. Por cierto, ¿están satisfechos con el jardinero? Según me han dicho, charla mucho más de lo que trabaja.

—Charlar y tomar el té son sus especialidades —comentó Giles—. Se toma cinco tazas cada día, pero trabaja sin descanso cuando estamos mirando.

—Venga y le enseñaré el jardín —dijo Gwenda.

Le mostraron la casa y el jardín, y Miss Marple les dedicó los halagos adecuados. Si Gwenda esperaba algún comentario crítico, se llevó un chasco, porque ninguna de las observaciones de Miss Marple estuvo fuera de lugar.

En cambio, fue Gwenda quien hizo algo inesperado. Interrumpió a Miss Marple a mitad de una anécdota sobre un chico y una concha para decirle a Giles con voz entrecortada:

—No me importa. Se lo contaré todo.

Miss Marple la miró con curiosidad. Giles comenzó a decir algo, pero se interrumpió y luego dijo:

—Haz lo que quieras, Gwenda. Tú decides.

Gwenda comenzó a hablar. La visita al doctor Kennedy, la visita que el médico les había hecho y lo que les había contado.

—Eso es lo que quiso decirme en Londres, ¿no es así? ¿Pensó que tal vez mi padre pudo haber estado involucrado?

—Me lo planteé —admitió Miss Marple—. Helen bien hubiera podido ser una madrastra joven y hermosa y, en un caso de estrangulamiento, la mayoría de las veces el asesino es el marido.

Miss Marple lo dijo como quien observa un fenómeno de la naturaleza sin sorpresa ni emoción.

—Ahora comprendo por qué nos pidió que no removiéramos el asunto —manifestó Gwenda—. Me arrepiento de no haber seguido su consejo, pero ahora no me puedo echar atrás.

—No, no se puede echar atrás.

—Creo que ahora tendría usted que escuchar a Giles —añadió Gwenda—. Ha planteado varias objeciones y sugerencias.

—Lo único que dije es que no encaja nada.

Repitió para Miss Marple todos los puntos oscuros que le había señalado a Gwenda, y después le expuso su versión de lo ocurrido.

—Si usted pudiera ayudarme a convencer a Gwenda de que es la única explicación posible, avanzaríamos muchísimo.

Miss Marple observó a los jóvenes.

—Es una explicación perfectamente lógica, pero como usted mismo ha señalado, señor Reed, está la posibilidad de un X.

—¡X! —exclamó Gwenda.

—El factor desconocido —afirmó Miss Marple—. Alguien que no ha aparecido todavía, pero cuya presencia se advierte a partir de los hechos.

—Tenemos la intención de ir al sanatorio de Norfolk, donde falleció mi padre —le informó Gwenda—. Quizá allí descubramos algo más.

Capítulo 10

Una historia clínica

1

Saltmarsh House estaba ubicada en un paraje muy bonito a unos diez kilómetros de la costa. Tenía un buen servicio de trenes con parada en la ciudad de South Benham, a unos ocho kilómetros.

Giles y Gwenda esperaron en una amplia sala con los sillones tapizados en cretona con un dibujo floral. Una anciana de aspecto encantador y pelo blanco como la nieve entró en la sala con un vaso de leche. Los saludó con un gesto y se sentó junto a la chimenea. Miró a Gwenda con una expresión pensativa y, al cabo de unos minutos, se inclinó hacia ella para susurrarle:

—¿Es su pobre hijo, querida?

Gwenda se echó hacia atrás, un tanto asustada.

—No, no lo es —contestó vacilante.

—Ah. —La anciana asintió complacida y bebió un sorbo de leche—. A las diez y media, siempre a las diez y media. —Volvió a inclinarse hacia Gwenda—. Detrás de la chimenea, pero no le cuente a nadie que yo se lo dije.

Antes de que Gwenda pudiera responder, una enfermera entró en la sala y les pidió a Giles y Gwenda que la acompañaran al despacho del doctor Penrose.

El doctor Penrose, pensó Gwenda, no parecía estar en su sano juicio. Tenía más aspecto de loco que la encantadora anciana de la sala, pero quizá todos los psiquiatras tenían aspecto de locos.

—Recibí su carta y la del doctor Kennedy —comentó el médico—, y he repasado la historia clínica de su padre, Mrs. Reed. Recuerdo su caso bastante bien, por supuesto, pero quería refrescar la memoria para poder contestar a sus preguntas. Tengo entendido que usted acaba de enterarse de todo este asunto, ¿no es así?

Gwenda le explicó que se había criado en Nueva Zelanda con los familiares de su madre y que lo único que sabía de su padre era que había muerto en un sanatorio inglés.

—El caso de su padre, Mrs. Reed, presentaba algunas características curiosas.

—¿Cuáles eran? —intervino Giles.

—La alucinación era muy fuerte. El comandante Halliday se mostró muy enfático y categórico en sus afirmaciones de que había estrangulado a su esposa en un ataque de celos. No aprecié la existencia de muchos de los síntomas habituales en estos casos, más allá de una fuerte crisis nerviosa, y no me importa admitir que, de no ser porque el doctor Kennedy aseguraba que Mrs. Halliday estaba viva, habría aceptado la afirmación de su padre, al menos en aquel momento.

—¿Llegó a creer que él la había matado? —preguntó Giles.

—He dicho «al menos en aquel momento». Más tarde, tuve razones para cambiar de opinión, cuando conocí mejor la personalidad del comandante Halliday. Su padre, Mrs. Reed, no era un paranoico. No sufría de delirios de persecución, no tenía arranques violentos. Era un individuo amable, bondadoso y con autocontrol. No era lo que el mundo llama un loco, ni tampoco era peligroso para los demás. Pero tenía esa extraña fijación con la muerte de Mrs. Halliday y, para investigar su origen, estoy seguro de que hubiéramos debido remontarnos muy atrás, a algún trauma infantil. Admito que todos nuestros métodos de psicoanálisis fracasaron a la hora de proporcionarnos la pista correcta. Vencer la resistencia del paciente al psicoanálisis es muchas veces una tarea muy larga, puede llevar varios años. En el caso de su padre, se nos agotó el tiempo. —Hizo una pausa. Después, añadió bruscamente—: Supongo que ya sabe que el comandante Halliday se suicidó.

—¡No!

—Lo siento, Mrs. Reed. Creía que ya lo sabía. Quizá nosotros seamos en parte responsables de lo ocurrido. Admito que una vigilancia más estrecha lo hubiera impedido. Pero, francamente, no vi en el comandante ningún indicio de tendencias suicidas. No se mostraba melancólico ni deprimido. Se quejaba de insomnio y mi colega le suministró somníferos. Pero el paciente, en lugar de tomar la dosis, fue acumulando las pastillas hasta tener una cantidad suficiente y... —Extendió las manos en un gesto de impotencia.

—¿Se sentía tan desgraciado como para llegar a ese extremo? —preguntó Gwenda.

—No, no lo creo. Diría que actuó impulsado por un sentimiento de culpa, el deseo de ser castigado. En los primeros días de su estancia, insistió en llamar a la policía y, aunque lo persuadimos de que no lo hiciera porque no había cometido ningún asesinato, no acabó de estar convencido. Se lo demostramos de todas las maneras, y terminó por admitir que no recordaba haber cometido el acto en sí. —El doctor Penrose revisó los papeles que tenía en el escritorio—. El relato de la noche en cuestión siempre era el mismo. Entró en la casa, que estaba a oscuras. Los sirvientes habían salido. Fue al comedor, se sirvió una copa y luego pasó a la sala. Después de eso no recordaba nada más hasta el momento de encontrarse en el dormitorio contemplando el cadáver de su mujer, estrangulada, consciente de que él la había matado.

—Perdón, doctor Penrose —dijo Giles—, pero ¿cómo sabía que él la había matado?

—No tenía ninguna duda. Llevaba meses imaginándose cosas. Me dijo que estaba seguro de que su esposa le administraba drogas. Había vivido en la India, y la costumbre de las esposas de volver locos a sus maridos envenenándolos con estramonio es algo frecuente en la mayoría de los casos de asesinato que se juzgan en aquel país. Llevaba meses sufriendo de alucinaciones, perdía la noción del tiempo y el espacio. Siempre negó cualquier sospecha de infidelidad por parte de su esposa, pero creo que ahí estaba el motivo. La explicación más lógica es que entró en la sala y leyó la nota de despedida de su mujer, y su manera de eludir la verdad fue «matarla» mentalmente. De ahí la alucinación.

—¿Quiere usted decir que la amaba con toda su alma? —preguntó Gwenda.

—Es obvio, Mrs. Reed.

—¿Nunca aceptó que se trataba de una alucinación?

—Lo aceptó, pero su convicción subconsciente se mantuvo. La obsesión era demasiado fuerte como para ceder a la lógica. Si hubiéramos podido descubrir la fijación infantil...

Gwenda, harta de las supuestas fijaciones infantiles, lo interrumpió.

—¿Está usted absolutamente seguro de que él no la mató?

—Vaya, si es eso lo que la preocupa, Mrs. Reed, ya puede quitárselo de la cabeza. Kelvin Halliday, por muy celoso que pudiera estar de su esposa, no era un asesino.

El doctor Penrose cogió una libreta muy manoseada.

—Si quiere usted aceptar esto, Mrs. Reed, es la persona más indicada para tenerlo. Aquí encontrará muchas de las reflexiones de su padre mientras estuvo ingresado aquí. Cuando entregamos sus cosas a los albaceas, el doctor McGuire, que era nuestro director, decidió conservarla como parte de la historia clínica. El caso de su padre se cita en el libro del doctor McGuire. Si la quiere...

Gwenda tendió la mano para hacerse con la libreta.

—Muchas gracias. Me interesa muchísimo.

2

En el tren de regreso a Londres, Gwenda sacó la libreta del bolso, abrió una página al azar y comenzó a leer lo que había escrito su padre.

Supongo que estos sabihondos doctores conocen su trabajo. Todo suena a paparruchadas. ¿Estaba enamorado de mi madre? ¿Odiaba a mi padre? No me creo ni una palabra. Estoy convencido de que este asunto es algo estrictamente policial, un crimen sin más, y no un problema mental. Sin embargo, algunas de las personas que están aquí parecen tan espontáneas, tan razonables, tan normales como todas las demás, salvo cuando, de pronto, te cruzas con un chalado. Por lo visto, yo también estoy chalado.

Le he escrito a James, le he rogado que se comunique con Helen. Que venga aquí y que yo la vea en carne y hueso si es que está viva. Dice que no sabe dónde encontrarla. Eso es porque sabe que está muerta y que yo la he matado. Es un buen tipo, pero a mí no me engaña. Helen está muerta.

¿Cuándo comencé a sospechar de ella? Hace mucho tiempo. Poco después de nuestra llegada a Dillmouth. Cambió de actitud. Ocultaba algo. La vigilaba y..., sí, ella también me vigilaba.

¿Ponía algo en la comida? Todas aquellas horribles pesadillas... No eran sueños normales, sino auténticas pesadillas. Sé que las producían las drogas. Ella era la única que podía hacerlo. ¿Por qué? Había un hombre. Uno al que le tenía miedo.

Seamos sinceros. Sospechaba que tenía un amante. Había alguien. Sabía que lo había. Si casi me lo dijo en el barco... Alguien al que amaba y con el que no se podía casar. Nos ocurría lo mismo a los dos. No podía olvidar a Megan. Qué parecida a Megan es la pequeña Gwennie. Helen jugaba con ella en el barco. Helen..., eres tan adorable...

¿Helen está viva o le arrebaté la vida? Entré en el comedor, vi la nota sobre la mesa y entonces todo se volvió negro. No había más que oscuridad. Pero no hay ninguna duda. La maté. Doy gracias a Dios de que Gwennie esté bien en Nueva Zelanda. Son buena gente. Quieren a Gwennie tanto como querían a Megan. Megan, Megan, ojalá estuvieras aquí.

Es lo mejor. Nada de escándalos. Lo mejor para la niña. No puedo continuar. No puedo seguir un año y otro. Es hora de acabar de una vez por todas. Gwennie nunca sabrá ni una palabra de todo esto. Nunca sabrá que su padre fue un asesino.

Gwenda interrumpió la lectura porque las lágrimas le impedían leer. Se volvió hacia Giles, pero su marido miraba hacia un rincón del compartimento.

Consciente de la mirada de Gwenda, le hizo una leve indicación con la cabeza.

El tercer ocupante del compartimento leía el periódico. En la primera plana había un titular que decía: ¿QUIÉNES FUERON LOS HOMBRES DE SU VIDA?

Gwenda asintió lentamente. Observó la página de la libreta.

«Había alguien, sé que había alguien.»

Capítulo 11

Los hombres de su vida

1

Miss Marple cruzó el paseo marítimo y siguió por Fore Street, para después doblar por una callejuela del centro antiguo que subía hacia la colina. Aquí no había ni una sola tienda moderna, pero sí una de bordados y lanas, otra de una modista, una pastelería, una mercería y una de paños y telas, todas con aire victoriano.

La anciana echó una ojeada al interior de la tienda de bordados y lanas. Dos dependientas jóvenes estaban ocupadas con clientes, pero había una mayor que no estaba haciendo nada. Miss Marple entró, fue hasta el mostrador de la mujer mayor y se sentó.

—¿Qué desea, señora?

Miss Marple quería lana azul claro para una chaqueta. Todo se desarrolló sin prisas. Escogieron los dibujos, Miss Marple miró varios catálogos con prendas infantiles y, mientras lo hacía, habló de sus sobrinos nietos. Ninguna de las dos mujeres demostró la menor impaciencia. La dependienta llevaba años atendiendo a clientas como Miss Marple y prefería a estas viejas amables y charlatanas antes que a las jóvenes madres poco corteses y con prisas que nunca tenían muy claro lo que querían y que casi siempre preferían lo más barato y estrambótico.

—Sí —dijo Miss Marple—, creo que esta lana es la más adecuada y es una marca muy antigua. Tiene fama de no encoger. Me parece que me llevaré un par de madejas más.

Mientras preparaba el paquete, la dependienta comentó que soplaba un viento bastante frío.

—Sí. Me he dado cuenta mientras venía por el paseo. Dillmouth ha cambiado mucho. No venía aquí desde hace..., no sé..., unos quince años.

—Vaya. Entonces habrá notado un montón de cambios. Creo que todavía no habían construido el Superb ni el hotel Southview.

—Oh, no, era un pueblo pequeño. Me alojaba en casa de unos amigos. Se llamaba St. Catherine's. ¿Quizá la conoce? ¿En Leahampton Road?

Pero la dependienta solo llevaba en Dillmouth unos diez años.

Miss Marple le dio las gracias, recogió el paquete y entró en la tienda de paños. Aquí, una vez más, buscó a una dependienta mayor. La conversación fue más o menos la misma, solo que el tema fueron los vestidos veraniegos. Esta vez tuvo más suerte con las preguntas.

—Se refiere usted a la casa de Mrs. Findeyson —dijo la dependienta.

—Sí, así es. Mis amigos la alquilaron amueblada. El comandante Halliday, su esposa y una niña pequeña.

—Los recuerdo. Vivieron en ella durante un año.

—Sí. Él acababa de regresar de la India. Tenían una cocinera excelente. Me dio la receta de un pastel de manzanas que era una auténtica delicia y, si no recuerdo mal, también la del pan de jengibre. Muchas veces me pregunto qué habrá sido de ella.

—Supongo que se refiere usted a Edith Pagett. Todavía está en Dillmouth. Trabaja en Windrush Lodge.

—También había otras personas: los Fane. ¡Creo que él era abogado!

—El viejo Mr. Fane murió hace algunos años. El hijo, Mr. Walter Fane, vive con su madre. Sigue soltero. Ahora es el socio principal de la firma.

—¿De veras? No sé por qué tenía la idea de que Mr. Walter Fane se había ido a la India: a plantar té o algo así.

—Creo que lo hizo, señora, cuando era joven. Pero regresó a casa y entró en la firma un par de años más tarde. El bufete goza de una reputación excelente. Mr. Fane es un caballero muy agradable y discreto. Todo el mundo lo aprecia.

—Vaya. Ahora lo recuerdo —exclamó Miss Marple—. Estuvo prometido con miss Kennedy, ¿no es así? Después ella rompió el compromiso para casarse con el comandante Halliday.

—Así es, señora. Se fue a la India para casarse con Mr. Fane, pero por lo visto cambió de idea y se casó con el otro caballero. —La dependienta lo dijo con un leve tono de reproche.

—Siempre me dio mucha pena el comandante Halliday, yo conocía a su madre y a su hijita. Tengo entendido que su segunda esposa lo dejó para fugarse con alguien. Una mujer un tanto casquivana.

—Lo era. En cambio, su hermano, el doctor, era un

hombre amabilísimo. Me dio un tratamiento para el reúma que me fue la mar de bien.

—¿Con quién se fugó? Nunca lo supe.

—No se lo puedo decir, señora. Algunos dijeron que era un veraneante. Pero sí sé que el comandante Halliday lo pasó muy mal Se marchó de la ciudad con la salud quebrantada. Su cambio, señora.

Miss Marple cogió el dinero y el paquete.

—Muchas gracias. Me pregunto si Edith Pagett todavía tendrá la receta del pan de jengibre. La perdí o, mejor dicho, mi criada la perdió. A mí me encanta el pan de jengibre.

—Le deseo suerte, señora. Por cierto, su hermana vive aquí al lado. Es la esposa de Mr. Mountford, el pastelero. Edith suele venir por aquí los días libres y estoy segura de que Mrs. Mountford le dará el mensaje.

—Es una idea excelente. Muchas gracias por todas las molestias que se ha tomado.

—Ha sido un placer, señora.

Miss Marple salió de la tienda. «Una tienda a la antigua, y la chaqueta no está nada mal, así que no es como si hubiese malgastado el dinero.» Miró la hora en el pequeño reloj con esmaltes que llevaba sujeto a la solapa. «Tengo cinco minutos para llegar al Gato Rubio, donde me esperan esos chiquillos. Espero que no lo hayan pasado muy mal en el sanatorio.»

2

Giles y Gwenda ocupaban una mesa en un rincón del local. Sobre la mesa estaba la libreta. Miss Marple se reunió con la pareja.

—¿Qué quiere tomar, Miss Marple? ¿Café?

—Sí, por favor. No, no quiero pastas. Solo un bollo con mantequilla.

Giles pidió el café y el bollo. Gwenda le acercó la libreta a la anciana.

—Primero tiene que leer esto y, después, ya hablaremos. Es lo que escribió mi padre mientras estaba en el sanatorio. Pero, antes, Giles le contará lo que dijo el doctor Penrose.

Giles le narró la entrevista con el psiquiatra. Luego, Miss Marple se dedicó a la lectura mientras la camarera servía los tres cafés, el bollo con mantequilla y un plato de pastas. La pareja permaneció en silencio hasta que Miss Marple acabó de leer y dejó la libreta sobre la mesa. En su rostro había una expresión difícil de interpretar. A Gwenda le pareció que era una mueca de furia: mantenía los labios apretados y los ojos le brillaban de una manera que llamaba la atención, sobre todo en una persona de su edad.

—¡Vaya, vaya!

—Usted nos aconsejó que no siguiéramos adelante, ¿lo recuerda? —dijo Gwenda—. Ahora lo comprendo. Pero no le hicimos caso y nos encontramos con esto. Solo que ahora es como si de nuevo estuviésemos en un punto en el que podemos dejarlo estar. ¿Qué cree usted que deberíamos hacer?

Miss Marple negó con la cabeza. Parecía preocupada, perpleja.

—No lo sé. La verdad es que no lo sé. Quizá lo más conveniente sería dejarlo, porque, después de todos estos años, no se podrá hacer nada. Me refiero a algo constructivo.

—¿Quiere decir que, después de tantos años, no podremos encontrar nada?

—No, no he querido decir eso. Diecinueve años no son muchos. Hay personas que recordarán cosas, que responderán a las preguntas. Pongamos por ejemplo a la servidumbre. En la casa había seguramente dos criadas, una niñera y quizá un jardinero. Solo habría que dedicar un poco de tiempo y tomarse algunas molestias para encontrar y hablar con esas personas. De hecho, ya he encontrado a una: la cocinera. No, no quería decir eso. Más que nada me refería a que no se conseguiría ningún beneficio. Sin embargo... —Miss Marple hizo una pausa—. Cada día me cuesta más pensar, pero tengo la sensación de que hay algo, quizá no muy tangible, por lo que valdría la pena correr el riesgo, aunque ahora mismo me resulta difícil precisar qué es.

—A mí me parece... —comenzó a decir Giles.

Miss Marple miró al joven con una expresión agradecida.

—Los caballeros —comentó— siempre son capaces de analizar las cosas con mucha precisión. Estoy segura de que lo tiene todo bien claro.

—Lo he estado pensando —manifestó Giles— y me parece que solo hay dos conclusiones posibles. Una es la que sugerí antes. Helen Halliday no estaba muerta cuando Gwennie la vio tendida en el vestíbulo. Recuperó el conocimiento y escapó con su amante, cuya identidad ignoramos. Esta teoría cuadra con los hechos tal como los conocemos. Explica la insistencia de Kelvin Halliday en atribuirse el asesinato y encaja con la desaparición de la maleta y la nota que encontró el doctor Kennedy, pero no aclara algunos puntos. No explica por qué Kelvin estaba convencido de que había estrangulado a su mujer en el dormitorio, y tampoco responde a la pregunta más desconcertante de todas: ¿dónde está Helen Halliday ahora? A mí me parece fuera de toda lógica que nunca se haya vuelto a saber nada más de ella. Si aceptamos que las dos cartas que envió son auténticas, ¿qué pasó después? ¿Por qué no volvió a escribir? Tenía una buena relación con su hermano, y él la quería muchísimo. Quizá no aprobaba su conducta, pero eso no significa que no le interesara recibir noticias de ella. Si me lo pregunta, le diré que Kennedy también está preocupado. Digamos que aceptó en su momento la historia que nos contó. Su hermana se marchó y Kelvin sufrió un colapso nervioso. Pero no se imaginaba que no volvería a tener noticias de su hermana. Halliday no las tuvo, y una de las consecuencias fue que su alucinación se reforzó cada vez más hasta empujarlo al suicidio. La otra fue que planteó una sospecha inquietante en la mente del doctor. ¿Y si la historia de Kelvin fuera cierta? ¿Y si mató a Helen? No tenía noticias de ella desde aquella última carta, y si hubiera muerto en algún país extranjero, ya le habrían informado. Eso explica su interés cuando leyó el anuncio. Confiaba en encontrar una pista que lo llevara hasta ella o, por lo menos, que le confirmara si estaba viva. Estoy seguro de que es absolutamente imposible que nadie desaparezca como parece haberlo hecho Helen. Resulta muy sospechoso.

—Estoy de acuerdo con usted, Mr. Reed. Pero ¿cuál es la alternativa?

—Lo he estado pensando —manifestó Giles con tranquilidad—. La verdad es que la alternativa me parece fantástica y quizá incluso terrorífica, porque incluye, no sé cómo decirlo, algo parecido a una gran maldad.

—Sí, eso es —intervino Gwenda—. *Maldad* es la palabra correcta. Incluso creo que puede haber algo de locura... —Se estremeció.

—No va por mal camino —afirmó Miss Marple—. Hay muchas cosas raras, anormales, más de lo que la gente se imagina. He visto algunos casos... —La anciana guardó silencio con expresión pensativa.

—No hay ninguna explicación normal —señaló Giles—. Ahora me refiero a la hipótesis bastante descabellada de que Kelvin Halliday no asesinara a su esposa, pero que creyera sinceramente que lo había hecho. Eso es justo lo que el doctor Penrose, que me pareció un tipo muy decente, pretendía creer. Su primera impresión fue que Halliday había asesinado a su esposa y estaba dispuesto a entregarse a la policía. Después tuvo que aceptar la palabra de Kennedy y se vio obligado a creer que Halliday sufría una fijación o como lo llamen en la jerga, pero no estaba de acuerdo con ello. El comandante no cuadraba en el esquema típico. Sin embargo, a medida que profundizaba en su carácter se convenció de que Halliday no era la clase de hombre capaz de estrangular a su esposa, por grande que fuera la provocación. Por lo tanto, aceptó la teoría de la fijación, pero con recelos. En consecuencia, eso significa que hay una única teoría válida para este caso: alguien convenció a Halliday de que era el asesino de su esposa. En otras palabras, hemos llegado a X.

»Después de repasar los hechos muy a fondo, diría que la hipótesis es al menos posible. Según su relato, Halliday entró en la casa, fue al comedor, se tomó una copa como tenía por costumbre y después fue a la sala y vio la nota, y ya no recordaba nada más.

Giles hizo una pausa que Miss Marple aprovechó para asentir con un gesto.

—Digamos que su mente no se quedó en blanco por la impresión, sino que fue el efecto de una droga en la bebida. El paso siguiente está bastante claro, ¿no? X estranguló a Helen en el vestíbulo, pero después la llevó al piso superior y dejó el cadáver en la cama para que pareciera un crimen pasional, y es allí donde Kelvin vuelve en sí.

»El pobre diablo, que tenía unos celos tremendos, cree que la ha matado. ¿Qué hace a continuación? Sale corriendo para ir a buscar a su cuñado al otro lado de la ciudad. Eso le da a X el tiempo que necesita para su próxima jugada. Prepara una maleta con las prendas de la víctima y se lleva el cadáver, aunque no tengo la menor idea de lo que pudo hacer con él.

—Me sorprende que diga eso, Mr. Reed. Yo diría que ese problema es muy sencillo de resolver. Pero, por favor, continúe.

—«¿Quiénes eran los hombres de su vida?» —citó Giles—. Leí ese titular en un periódico cuando veníamos en el tren y me dio que pensar porque es la clave de todo este asunto, ¿no? Si como creemos hay un X, lo único que sabemos del personaje es que debía de estar loco por Helen, la amaba con delirio.

—Por lo tanto, podemos suponer que odiaba a mi padre —manifestó Gwenda—. Quería verle sufrir.

—O sea, que a esto es a lo que nos enfrentamos —dijo Giles—. Sabemos la clase de mujer que era Helen... —Vaciló.

—Estaba loca por los hombres —señaló Gwenda.

Miss Marple la miró con viveza y, por un momento, pareció que iba a decir algo, pero se calló.

—... y era hermosa —prosiguió Giles—. Pero no sabemos nada de los otros hombres con los que pudo tener una relación, aparte de su marido. Pudieron ser muchos.

Miss Marple negó con la cabeza.

—No lo creo. Era muy joven. Pero no ha sido usted del todo exacto, Mr. Reed. Sabemos algo de lo que usted llama «los hombres de su vida». Estaba el hombre con el que se iba a casar.

—Ah, sí, el abogado. ¿Cómo se llamaba?

—Walter Fane.

—Sí, pero no puedo contarlo. Estaba en la India o en algún lugar por el estilo.

—¿Estaba? No trabajó mucho en su plantación de té —le informó la anciana—. Regresó aquí, entró en la firma y ahora es el socio principal.

—Quizá la siguió hasta aquí —exclamó Gwenda.

—Pudo haberlo hecho. No lo sabemos.

Giles miró a la anciana con una expresión intrigada.

—¿Cómo se enteró de todo esto?

Miss Marple le sonrió con dulzura.

—He estado indagando. En las tiendas y en las colas del autobús. Se da por sentado que las viejas lo preguntan todo. Sí, te enteras de muchas cosas de la vida de la gente.

—Walter Fane —repitió Giles pensativo—. Helen lo rechazó. Quizá ese fue un motivo para guardarle rencor. ¿Está casado?

—No. Vive con su madre. El sábado iré a tomar el té a su casa.

—También sabemos de la existencia de otra persona —afirmó Gwenda bruscamente—. No sé si lo recuerdan, pero se comprometió o algo parecido con alguien cuando acabó la escuela. El doctor Kennedy lo calificó de indeseable. Me pregunto por qué era un indeseable.

—Tenemos dos hombres —recapituló Giles—. Cualquiera de los dos pudo desear vengarse. Quizá el primero era un desequilibrado.

—El doctor Kennedy nos lo podría decir —opinó Gwenda—, aunque será un poco difícil preguntárselo. Me refiero a que está muy bien que vaya y le interrogue por cosas de una madrastra a la que apenas recuerdo, pero tendré que darle muchas explicaciones si quiero enterarme de sus amoríos. Parece un interés excesivo por una madrastra.

—Hay otras maneras de averiguarlo —apuntó Miss Marple—. Creo que, con tiempo y paciencia, podremos reunir la información que nos interesa.

—En cualquier caso, tenemos dos posibilidades —dijo Giles.

—Creo que podemos deducir una tercera —manifestó Miss Marple—. Es solamente una hipótesis, pero justificada a la vista de los acontecimientos.

Gwenda y Giles la miraron un tanto sorprendidos.

—Solo es una deducción —prosiguió Miss Marple un tanto ruborizada—. Helen Kennedy viajó a la India para casarse con el joven Fane. Se sabe que no estaba locamente enamorada, pero sin duda lo estimaba y había decidido que podía ser un buen esposo. Sin embargo, en cuanto desembarcó en la India, rompió el compromiso, telegrafió a su hermano y le pidió dinero para el pasaje de regreso. ¿Por qué?

—Cambió de opinión —respondió Giles.

Miss Marple y Gwenda lo miraron con cierta sorna.

—Por supuesto que cambió de opinión —dijo Gwenda—, ya lo sabemos. Lo que Miss Marple pregunta es el porqué.

—Supongo que las muchachas cambian de parecer —manifestó Giles en un tono vago.

—Cuando se presentan ciertas circunstancias —señaló Miss Marple. Sus palabras llevaban toda la intención que las ancianas son capaces de imprimir sin decirlo claramente.

—Algo que él hizo... —comenzó a decir Giles sin acabar de entender lo que le insinuaban.

—¡Otro hombre! —lo interrumpió Gwenda impaciente.

Las dos mujeres intercambiaron la mirada típica entre dos miembros de una logia en la que está excluido el género masculino.

—¡En el barco! ¡En el viaje de ida! —añadió Gwenda.

—El contacto diario —afirmó Miss Marple.

—Las noches bajo la luna en cubierta —imaginó Gwenda— y todas esas cosas tan románticas. Solo que ella iba en serio, no se trataba de un coqueteo.

—Sí, creo que fue algo serio —asintió Miss Marple.

—Si fue así, ¿por qué no se casó con el tipo? —preguntó Giles.

—Quizá él no correspondió a sus sentimientos —opinó Gwenda. Después negó con la cabeza—. No, creo que en ese caso ella se hubiera casado con Walter Fane. Por supuesto, soy una idiota: un hombre casado.

Miró a Miss Marple con una expresión triunfal.

—Eso es —afirmó la anciana—. Es lo que creo. Se

enamoraron como dos chiquillos. Pero si él era un hombre casado, quizá incluso con hijos, y probablemente una persona honorable, entonces aquello no podía prosperar.

—Solo que ella se vio incapaz de casarse con Walter Fane —dijo Gwenda—. Así que le envió un telegrama a su hermano y regresó a casa. Sí, todo encaja. En el viaje de regreso, conoció a mi padre. —Hizo una pausa para imaginar lo que había ocurrido en aquel viaje—. No estaban muy enamorados, pero se sentían atraídos, y, además, estaba yo. Ambos eran desgraciados y se consolaron el uno al otro. Mi padre le habló de su esposa y tal vez ella le contó lo del otro hombre. Sí, por supuesto. —Gwenda pasó las páginas del diario—. «Había alguien. Sabía que lo había. Si casi me lo dijo en el barco. Alguien al que amaba y con el que no se podía casar.» Sí, aquí está. Helen y mi padre sintieron que eran muy parecidos, ella tendría que cuidar de mí y pensó que podría hacerle feliz y que incluso ella podría llegar a serlo también.

La joven miró a Miss Marple y asintió con vigor.

—Gwenda, te inventas un montón de cosas y después quieres hacernos creer que pasaron de verdad —protestó Giles irritado.

—Ocurrieron. Tuvieron que ocurrir, y eso nos proporciona una tercera persona para el papel de X.

—¿Quieres decir...?

—El hombre casado. No sabemos cómo era. Quizá no era una persona agradable. Tal vez estaba un poco loco y la siguió hasta aquí.

—Si acabas de decir que se marchó a la India.

—La gente también puede regresar de la India. Walter Fane lo hizo. Fue al cabo de un año. No digo que este hombre regresara, sino que es una posibilidad. Hasta ahora, no has hecho más que insistir en los hombres de su vida. Bueno, ahora tenemos tres. Walter Fane, un joven cuyo nombre no sabemos y un hombre casado...

—Que no sabemos si existe —la interrumpió Giles.

—Lo encontraremos. ¿No es así, Miss Marple?

—Con tiempo y paciencia, podemos averiguar muchas cosas. Ahora aportaré algo más. Gracias a una charla muy afortunada en la tienda de paños, descubrí que Edith Pagett, la cocinera de St. Catherine's en la época que nos interesa, todavía vive en Dillmouth. Su hermana está casada con un pastelero. Creo que sería muy natural que Gwenda fuese a verla. Quizá nos pueda decir cosas interesantes.

—Eso es fantástico —exclamó Gwenda—. Se me acaba de ocurrir algo más. Haré un nuevo testamento. No pongas esa cara, Giles. Te dejaré todo mi dinero como en el otro, pero le pediré a Walter Fane que lo redacte.

—Gwenda, ten mucho cuidado —le advirtió Giles.

—Hacer un testamento es la cosa más natural del mundo, y el enfoque que le pienso dar a la entrevista es muy bueno. Además, me interesa mucho verlo. Quiero saber cómo es y si tal como creo... —No acabó la frase.

—Lo que me sorprende —manifestó Giles— es que nadie más haya respondido al anuncio. Por ejemplo, esa Edith Pagett.

Miss Marple negó con la cabeza.

—Las personas de los pueblos tardan en decidirse. Sospechan. Les gusta pensar las cosas.

Capítulo 12

Lily Kimble

Lily Kimble desplegó un par de periódicos viejos sobre la mesa de la cocina para escurrir las patatas que se freían en la sartén. Cantando por lo bajo una tonadilla popular, se inclinó sobre la mesa para echar un vistazo a la hoja que tenía delante. Entonces dejó de canturrear bruscamente.

—Jim, eh, Jim, escúchame, ¿quieres?

Jim Kimble, un hombre mayor de pocas palabras, se lavaba la cara y las manos en la pila del lavadero. Utilizó su monosílabo favorito para responderle a su esposa.

—¿Uh?

—Hay un anuncio en el periódico. Piden que cualquiera que sepa algo de Helen Spenlove Halliday, de soltera Kennedy, se ponga en contacto con Mr. Reed y Mr. Hardy, de Southampton Row. A mí me parece que se refieren a Mrs. Halliday, para quien trabajé en St. Catherine's. Ella y su marido le alquilaron la casa a Mrs. Findeyson. Se llamaba Helen. Sí, señor, sí. Y era la hermana del doctor Kennedy, el que siempre decía que tendría que haberme operado de vegetaciones.

Hubo una pausa momentánea mientras la mujer removía las patatas con mano experta. Jim Kimble resopló en la toalla mientras se secaba la cara.

—Claro que es un periódico de la semana pasada —comentó Mrs. Kimble, mirando la fecha—. ¿A qué vendrá todo esto? ¿Crees que habrá dinero de por medio, Jim?

Mr. Kimble repitió el monosílabo.

—Quizá se trata de un testamento o algo así —opinó la mujer—. Hace ya muchos años.

—Uh.

—Dieciocho por lo menos. Me pregunto a qué viene remover todo aquello. No crees que es la policía, ¿verdad, Jim?

—Yo qué sé.

—Tú ya sabes lo que siempre he pensado —manifestó Mrs. Kimble en un tono misterioso—. Te lo dije entonces, cuando nos marchamos. Toda aquella historia de que se había largado con un tipo... Eso es lo que siempre dicen los maridos cuando se cargan a su esposa. Puedes estar seguro de que fue un asesinato. Eso es lo que te dije a ti y lo que le dije a Edie, pero ella no me quiso creer. Edie no tenía ni pizca de imaginación. Y aquella ropa que dijeron que se llevó no era la adecuada, tú ya me entiendes. Faltaban una maleta, un bolso y un montón de prendas, pero no eran las prendas adecuadas. Fue entonces cuando le dije a Edie: «Puedes estar segura de que el señor la ha asesinado y ahora está enterrada en el sótano». No es que estuviera de verdad en el sótano, porque Léonie, la niñera suiza, vio algo. Desde la ventana. Se fue al cine conmigo, aunque no tendría que haber dejado a la niña sola, pero fue culpa mía que lo hiciera.

«La señora nunca viene a ver a la niña cuando está durmiendo —le dije—. Nadie sabrá que te has venido conmigo.» Así que se vino y, cuando regresamos, menudo lío que nos encontramos. El doctor estaba allí, y el señor enfermo y dormido en el vestidor, y el doctor lo estaba atendiendo, y entonces me preguntó por las prendas y todo me pareció normal. Pensé que se había largado con aquel tipo que le gustaba tanto, porque él también era un hombre casado, y Edie dijo que rogaba para que no nos viéramos metidas en un juicio por divorcio. ¿Cómo se llamaba? No lo recuerdo. ¿Comenzaba con M o con R? Cómo se me va la memoria.

Mr. Kimble entró en la cocina y, sin prestar la menor atención a todos esos detalles, preguntó si estaba lista la cena.

—Solo falta escurrir las patatas. Espera, traeré otro periódico. Guardaré este. No creo que sea la policía después de tanto tiempo. Quizá sea cosa de los abogados y haya dinero de por medio. No dicen nada de una recompensa, pero siempre puede caer algún dinerillo. La verdad es que no sé a quién podría preguntárselo. Aquí dice que se escriba a una dirección de Londres, pero no sé si me atreveré a hacer algo así. Hay mucha gente en Londres. ¿Tú qué opinas, Jim?

—Uh —respondió Mr. Kimble, mirando con hambre el pescado y las patatas.

La discusión quedó postergada para un momento mejor.

Capítulo 13

Walter Fane

1

Gwenda miró a Walter Fane, sentado al otro lado del enorme escritorio de caoba.

Vio a un hombre de unos cincuenta años, de aspecto fatigado y rostro amable, pero sin ningún rasgo particular. Era la clase de hombre, se dijo Gwenda, al que resultaba difícil de recordar si te lo presentaban por casualidad. Un hombre que, según las pautas modernas, carecía de personalidad. Hablaba con voz suave y pausada. La joven pensó que debía de ser muy buen abogado.

Echó una ojeada a la sala. Resultaba obvio que era el despacho del socio principal de la firma y hacía juego con su ocupante. Anticuado, aunque el mobiliario era de primera calidad. Había cajas de documentos apiladas contra las paredes, todas con etiquetas donde se leían los nombres de las familias más ricas y respetables del condado. Sir John Vavasour-Trench. Lady Jessup. Arthur Foulkes, Esq. fallecido.

Las grandes ventanas de guillotina, con los cristales un

tanto sucios, daban a un patio interior rodeado por las paredes de una casa del siglo XVII. Aquí no había nada elegante o moderno, pero tampoco tenía un aspecto sórdido. A primera vista, daba la impresión de desorden con las cajas apiladas, la mesa llena de papeles y los libros caídos o mal puestos en la estantería, pero en realidad era el despacho de alguien que sabía exactamente hacia dónde estirar la mano para coger lo que necesitaba.

Walter Fane acabó de escribir y sonrió a la visitante.

—Creo que todo está muy claro, Mrs. Reed. Es un testamento muy sencillo. ¿Cuándo quiere venir a firmarlo?

Gwenda le pidió que él dijera una fecha, porque no tenía prisa.

—Ahora vivimos aquí. Hemos comprado una casa —añadió la joven—. Hillside.

—Sí, sí, me ha dado usted la dirección —dijo el abogado sin que se apreciara ningún cambio en su voz.

—Es una casa muy bonita. Nos encanta.

—¿Sí? —Walter Fane sonrió—. ¿Da al mar?

—No. Creo que le cambiaron el nombre. Antes se llamaba St. Catherine's.

Mr. Fane se quitó las gafas. Las limpió con un pañuelo de seda, mientras miraba el escritorio.

—Sí, ya la recuerdo. ¿En Leahampton Road?

Miró a su cliente y Gwenda pensó en lo diferentes que parecían las personas que las utilizaban cuando se las quitaban. Los ojos de un color gris muy claro parecían débiles y desenfocados. «Es como si estuviera en otro mundo», se dijo la muchacha.

Fane volvió a ponerse las gafas.

—Dijo usted que hay un testamento anterior redactado después de la boda, ¿no es así? —preguntó con voz clara.

—Sí. Pero había diversos legados para mis familiares en Nueva Zelanda que ya han muerto, así que pensé que sería más sencillo hacer uno nuevo, sobre todo cuando tenemos la intención de instalarnos en este país definitivamente.

—Una decisión muy sensata —afirmó Fane—. Bien, creo que está todo muy claro, Mrs. Reed. ¿Qué le parece si viene a firmarlo pasado mañana? ¿A las once?

—Sí, me parece bien.

Gwenda se levantó y el abogado hizo lo mismo.

—Por cierto —añadió la joven con una agitación que traía ensayada—, pedí que me atendiera usted porque creo que conoció a mi madre.

—¿Sí? —replicó Fane con un poco más de entusiasmo—. ¿Cómo se llamaba?

—Halliday. Megan Halliday. Creo, o por lo menos eso me dijeron, que estuvieron prometidos...

El tictac del reloj de pared se oyó con toda claridad en el súbito silencio. Tic, tac. Tic, tac. Gwenda tuvo la sensación de que el corazón le latía muy rápido. De pronto le pareció que el rostro de Walter Fane era como el de una casa con todas las persianas cerradas, señal de que dentro había un cadáver. (¡Vaya ideas más ridículas que se te ocurren, Gwenda!)

—No, nunca conocí a su madre, Mrs. Reed —negó Fane sin el menor cambio en la voz—. Pero sí que estuve prometido, solo durante unos meses, con Helen Kennedy, quien después se casó con el comandante Halliday, que era viudo.

—Ah, ya lo ve. Ha sido una estupidez por mi parte. Lo entendí todo mal. Se trataba de Helen, mi madrastra. Por supuesto, han pasado muchos años. Yo no era más que una niña muy pequeña cuando se rompió el segundo matrimonio de mi padre. Pero alguien me comentó que usted había estado prometido con Mrs. Halliday en la India, y como sabía que mi madre... Me refiero a la India... Mi padre la conoció en la India.

—Helen Kennedy viajó a la India con la intención de casarse conmigo. Después cambió de opinión. En el viaje de regreso conoció a su padre.

Fane lo dijo sin ninguna emoción. Gwenda volvió a pensar en una casa con las persianas cerradas.

—Lo siento mucho. ¿He metido la pata?

Walter Fane sonrió. Tenía una sonrisa agradable. Se habían abierto las persianas.

—Han pasado casi veinte años, Mrs. Reed —comentó—. Los problemas y las locuras juveniles no tienen ninguna importancia después de tanto tiempo. Así que usted es la hija de Halliday. Supongo que estará enterada de que su padre y Helen vivieron en Dillmouth durante un tiempo.

—Oh, sí, por eso estamos aquí. No se puede decir que lo recordara, pero cuando decidimos instalarnos a Inglaterra, lo primero que hice fue venir a Dillmouth para ver cómo era en realidad, y me pareció un lugar tan encantador que decidí que viviríamos aquí. Por una de esas felices casualidades, compramos la misma casa en la que vivió mi familia hace tantos años.

—Recuerdo la casa —manifestó Fane sin abandonar la sonrisa—. Quizá no lo sepa, Mrs. Reed, pero yo solía llevarla a hombros.

Gwenda se echó a reír.

—¿Lo dice en serio? Entonces, es usted un viejo amigo, ¿no es así? No puedo decir que lo recuerde, porque yo tenía dos o tres años. ¿Había venido usted a pasar las vacaciones o algo así?

—No, decidí abandonar la India de una vez por todas. Desistí de la idea de administrar una plantación de té. Aquella vida no estaba hecha para mí. Lo mío era seguir los pasos de mi padre y convertirme en un plácido abogado de provincias. Había terminado la carrera antes de marcharme, así que, a mi regreso, entré directamente en la firma. —Hizo una pausa y después añadió—: Desde entonces, no me he movido de aquí. —Otra vez se interrumpió antes de repetir en voz baja—: No me he movido de aquí.

Pero dieciocho años, pensó Gwenda, tampoco era tanto tiempo.

Luego, con una actitud mucho más cordial, Fane le estrechó la mano y le dijo:

—A la vista de que somos viejos amigos, usted y su marido tendrían que venir un día de estos a tomar el té con mi madre. Le diré que les escriba. Mientras tanto, ¿quedamos para el jueves a las once?

Gwenda salió del despacho y bajó la escalera. Vio una telaraña en el rellano. En el centro de la red había una araña gris y raquítica. No se parecía en nada a una araña de verdad. No era una de aquellas arañas negras y gordas que atrapaban moscas y se las comían. Se parecía más al fantasma de una araña. Un poco como Walter Fane.

2

Giles se encontró con su esposa en el paseo marítimo.

—¿Qué tal te ha ido?

—Estaba en Dillmouth cuando pasó todo —respondió Gwenda—. Me refiero a que ya había regresado de la India. Pero no tiene pinta de asesino. Es un hombre demasiado discreto y gentil. Es agradable, pero es de esas personas que nunca recuerdas, de las que se marchan de una fiesta y nadie lo nota. Diría que es muy correcto y honorable, que quiere mucho a su madre y tiene multitud de virtudes, aunque para el gusto de las mujeres es aburridísimo. Ahora comprendo por qué no tuvo éxito con Helen. Es uno de esos hombres con los que estás convencida de que tendrás un matrimonio seguro y tranquilo, pero ni aun así te casarías con él.

—Pobre diablo. Supongo que estaría locamente enamorado de Helen.

—No lo sé. No me atrevería a decir tanto. En cualquier caso, no puede ser nuestro asesino. No se corresponde a la idea que tengo de un homicida.

—No creo que seas una experta en identificar asesinos, querida.

—¿Qué quieres decir?

—Que no responden a un modelo determinado.

—La verdad es que se me hace imposible creer que Walter Fane... Gwenda no acabó la frase.

—¿Qué pasa?

—Nada.

Pero en realidad estaba recordando a Walter Fane en el momento en que limpiaba sus gafas y en la extraña expresión de sus ojos cuando mencionó St. Catherine's por primera vez.

—Quizá —dijo vacilante— sí que estaba loco por ella.

Capítulo 14
Edith Pagett

La sala de Mrs. Mountford era muy acogedora. Contaba con una mesa redonda cubierta con un paño, unos sillones anticuados y un sofá muy sobrio pero muy mullido contra la pared. Había perros y otros adornos de porcelana en la repisa de la chimenea. En una pared había una foto de la princesa Isabel y, en otra, la foto del rey con uniforme y otra donde aparecía Mr. Mountford con sus colegas de gremio. Había un cuadro hecho con conchas y una acuarela de Capri con un mar muy verde. Había muchas cosas más, ninguna con pretensiones de belleza o lujo, pero el efecto general era el de una habitación acogedora y alegre donde la gente se reunía para pasar unos momentos agradables cuando se presentaba la oportunidad.

Mrs. Mountford era baja, gruesa y tenía el pelo oscuro con algunos toques plateados. Su hermana, Edith Pagett, era alta, morena y delgada. Apenas si tenía alguna cana, aunque rondaba la cincuentena.

—Vaya casualidad —comentó Edith—. La pequeña miss Gwennie. Debe usted perdonarme que le hable así, pero son tantos los recuerdos... Usted entraba en mi cocina, hermosa como un cuadro, para pedirme uvas, aunque las llamaba de otra manera. Claro que yo sabía que eran uvas y se las daba. Eran sultanas para que no se atragantara con las pepitas.

Gwenda miró a la mujer alta, de ojos negros y mejillas rojas de colorete, e intentó recordar, pero no lo consiguió. La memoria era algo muy caprichoso.

—Desearía poder recordar algo de todo aquello, pero...

—No creo que pueda. No era más que una cosita que levantaba un par de palmos del suelo. En la actualidad nadie quiere trabajar en una casa donde hay niños. No lo entiendo. Siempre he creído que los niños dan vida a una casa. Claro que la cuestión de la comida siempre es un poco complicada. Pero eso es por culpa de las niñeras, no de los niños. Las niñeras son las que causan los problemas, siempre preocupadas por las bandejas, los cubiertos y todo lo demás. ¿Recuerda usted a Léonie, miss Gwennie? Perdón, quería decir Mrs. Reed.

—¿Léonie? ¿Era la niñera?

—Una chica suiza. No hablaba bien el inglés y era muy sensible. Lloraba como una Magdalena cada vez que Lily le decía alguna inconveniencia. Lily era la doncella. Lily Abbot. Bonita y muy pizpireta. Jugaba mucho con usted, miss Gwennie. Jugaban al escondite en la escalera.

Gwenda se estremeció ante la mención de la escalera.

—Recuerdo a Lily —afirmó inesperadamente—. Le puso un lazo al gato.

—¡Vaya, sí que es curioso que lo recuerde! Fue el día de su cumpleaños, y Lily estaba muy decidida. Tommy tenía que llevar un lazo. Cogió uno de una caja de bombones, pero Tommy se puso hecho una fiera. Salió corriendo y no dejó de restregarse entre los arbustos hasta que consiguió quitárselo. A los gatos no les gustan las bromas.

—Era un gato negro con manchas blancas.

—Eso es. El viejo Tommy. Era estupendo cazando ratones. El mejor gato ratonero que he visto en mi vida. —Edith se detuvo y carraspeó con delicadeza—. Perdón por la cháchara, señora, pero es agradable hablar de los viejos tiempos. ¿Quería preguntarme algo?

—Me encanta que me cuente esas cosas. Es lo que más me interesa. Verá, me criaron mis tíos en Nueva Zelanda y, por supuesto, nunca me hablaron de mi padre y de mi madrastra. Era encantadora, ¿verdad?

—La quería a usted muchísimo. La llevaba a la playa y jugaban en el jardín. Ella también era muy joven. Siempre creí que ella disfrutaba de los juegos tanto como usted. La verdad es que se podría decir que había sido hija única, porque su hermano, el doctor Kennedy, era mucho mayor que ella, y siempre estaba encerrado con sus libros. Cuando no estaba en la escuela, tenía que jugar sola.

—Usted ha vivido siempre en Dillmouth, ¿verdad? —preguntó Miss Marple, que estaba sentada discretamente en el sofá.

—Sí, señora. Mi padre tenía una granja al otro lado de la colina. Se llamaba Rylands. Mis padres no tuvieron hijos varones y mi madre no pudo hacerse cargo de la granja cuando él murió. Así que la puso en venta y, con el dinero, compró la tienda que está al final de High Street. Sí, he vivido aquí toda mi vida.

—Supongo que conocería a todo el mundo en Dillmouth.

—Sí, por supuesto. Entonces era un pueblo pequeño, aunque recuerdo que en verano siempre había muchos visitantes. Pero eran personas agradables y tranquilas que venían aquí todos los años, y no como ahora, que son aves de paso. Eran buenas familias que ocupaban las mismas habitaciones año tras año.

—¿Conoció usted a Helen Kennedy antes de casarse con el comandante? —preguntó Giles.

—La conocía de oídas y quizá sí que alguna vez la vi, pero no la traté hasta que entré a su servicio.

—¿Le caía bien? —quiso saber Miss Marple. Edith se volvió hacia la anciana.

—Sí, señora —respondió con un leve tono de desafío—. No me importa lo que digan. Siempre fue muy amable conmigo. Nunca creí que hiciera lo que decían que había hecho. Me quedé de piedra. Claro que siempre se ha dicho...

Se interrumpió bruscamente y miró a Gwenda como si quisiera disculparse.

—Quiero saberlo —manifestó Gwenda, sin poder contenerse—. Por favor, no crea que me enfadaré por lo que diga. No era mi madre...

—Eso es muy cierto, señora.

—... y estamos muy interesados en dar con su paradero. Se marchó de aquí y su pista se perdió por completo. No sabemos dónde reside ahora o si está viva. Además, hay ciertas razones...

Gwenda vaciló y Giles acudió en su ayuda.

—Razones legales. No sabemos si se la puede declarar oficialmente muerta o si...

—Me hago cargo, señor. El marido de mi prima desapareció sin dejar rastro, fue después de Ypres, y hubo que hacer no sé cuántos trámites para decidir el asunto. Fue muy molesto para ella. Como es natural, señor, si hay cualquier cosa que les pueda decir y que les sirva de ayuda, se lo diré, porque no es como si fueran ustedes unos extraños. Miss Gwenda y sus uvas. Lo decía de una manera tan graciosa...

—Es muy amable de su parte —afirmó Giles—. Por lo tanto, si no le importa, vayamos al grano. Mrs. Halliday se marchó de repente, ¿no es así?

—Sí, señor. Fue una gran sorpresa para todas nosotras y un golpe terrible para el comandante, pobre hombre. Se vino abajo en un santiamén.

—Se lo preguntaré sin rodeos. ¿Tiene usted alguna idea de la identidad del hombre con el que se marchó?

Edith Pagett negó con la cabeza.

—Eso mismo me preguntó el doctor Kennedy y no supe qué contestarle. Lily tampoco. Por supuesto, Léonie, que era extranjera, no sabía ni una palabra.

—Entiendo que no lo sepa, pero ¿no podría arriesgarse a decir un nombre? Ha pasado tanto tiempo que ya no tiene mayor importancia, incluso si no es el nombre correcto. Sin duda, sospechó usted alguna cosa.

—Teníamos nuestras sospechas, pero nunca hubo nada concreto. Por mi parte, nunca vi nada extraño. En cambio, Lily, que como ya le dije era muy avispada, se barruntaba algo desde hacía tiempo. «Presta mucha atención a lo que te digo. Ese tipo está loco por ella. Solo basta ver cómo la mira cuando ella le sirve el té. Su esposa está que trina.»

—Comprendo. ¿Quién era ese tipo?

—No se lo puedo decir, señor, porque no recuerdo su nombre. Han pasado muchos años. Un capitán... Esdale, Emery, o algo así. Me parece que comenzaba con E, o quizá con H. Un nombre poco habitual. Pero nunca volví a oír nada de él en dieciséis años. Él y su esposa se alojaban en el Royal Clarence.

—¿Visitantes veraniegos?

—Sí, pero creo que él, o quizá los dos, conocían a Mrs. Halliday de antes. Venían a la casa muy a menudo. La cuestión es que, según Lily, él estaba muy enamorado de Mrs. Halliday.

—¿La esposa estaba celosa?

—Así es, señor. Pero no creo que hubiera nada de malo en todo aquello, y aún a día de hoy no sé qué pensar.

—¿Estaban alojados en el Royal Clarence cuando Helen se marchó?

—Hasta donde recuerdo, me parece que se fueron más o menos al mismo tiempo, un día antes o después, lo justo como para que la gente murmurara. Pero nunca oí nada definitivo. Se lo tenían muy callado, si es que se demuestra que es verdad. La desaparición de Mrs. Halliday pilló a todo el mundo por sorpresa. Claro que la gente dijo después que era muy veleta, aunque a mí nunca me lo pareció. No hubiera estado dispuesta a marcharme con ellos a Norfolk si lo hubiese pensado.

Los tres visitantes la miraron desconcertados.

—¿Norfolk? —repitió Giles—. ¿Iban a marcharse a Norfolk?

—Sí, señor. Compraron una casa allí. Mrs. Halliday me lo dijo tres semanas antes de que pasara todo aquello. Me preguntó si quería ir con ellos cuando se mudaran, y le respondí que sí. Después de todo, nunca había salido de Dillmouth y creí que me gustaría probar, porque me llevaba bien con la familia.

—No sabíamos que hubieran comprado una casa en Norfolk —comentó Giles.

—No le extrañe, señor, porque Mrs. Halliday quería mantenerlo en secreto. Me pidió que no se lo dijera a nadie, y cumplí mi palabra. Pero, por lo visto, hacía tiempo que quería marcharse de aquí. Había hablado del tema no sé cuántas veces con el comandante, pero a él le gustaba Dillmouth. Creo que incluso le escribió a Mrs. Findeyson, que era la dueña de esta casa, para preguntarle si estaba dispuesta a venderla. Mrs. Halliday no quería ni oír hablar del tema. Parecía haberle cogido tirria a Dillmouth, como si tuviera miedo de seguir aquí.

La cocinera lo dijo con toda naturalidad, pero los demás la miraron con mucha atención.

—¿No cree que ella quería marcharse a Norfolk para estar cerca de aquel hombre cuyo nombre no recuerda?

En el rostro de Edith apareció una expresión de angustia.

—No quisiera pensar eso, señor, ni me lo creo. Además, me viene a la memoria que aquella pareja eran de algún lugar del norte. Me parece que Northumberland. Venían al sur a pasar las vacaciones por la suavidad del clima.

—¿Dice usted que mi madrastra tenía miedo a una persona?

—Ahora que lo dice, recuerdo que...

—¿Sí?

—Recuerdo que Lily entró en la cocina un día, cuando acababa de limpiar la escalera, y dijo: «¡Menudo follón!». Lily hablaba de una manera muy vulgar, así que tendrá que perdonarme. Le pregunté qué quería decir y me respondió que la señora había entrado con el señor en el salón y, como la puerta que daba al vestíbulo estaba abierta, Lily había oído todo lo que decían.

»Mrs. Halliday había dicho: "Te tengo miedo", y la verdad es que sonaba asustada, afirmó Lily. "Te tengo miedo desde hace mucho tiempo. Estás loco. No eres normal. Vete y déjame sola. Tienes que dejarme sola. Estoy asustada, creo que siempre te he tenido miedo."

»Dijo algo así —manifestó Edith—. No recuerdo las palabras exactas, pero Lily se lo tomó muy en serio, y fue por eso por lo que, después de todo lo que pasó...

Edith se calló bruscamente. Parecía asustada.

—No pretendía, se lo aseguro... Tiene que perdonarme, señora, hablo más de la cuenta.

—Por favor, Edith, no se calle ahora —le rogó Giles—. Es muy importante para nosotros. Ha pasado mucho tiempo, pero necesitamos saberlo.

Edith lo miró con una expresión de súplica.

—¿Qué es lo que creía Lily? —inquirió Miss Marple.

—Lily era la que siempre tenía ideas. Yo nunca le hacía caso. Le gustaba mucho ir al cine y muchas cosas de las que hablaba las había aprendido de las películas. Estaba en el cine la noche que pasó todo y, para colmo, se había llevado a Léonie con ella. Aquello estuvo muy mal y se lo dije. «No te preocupes», me respondió. «No es como dejar a la pequeña sola en la casa. Tú estás en la cocina. El señor y la señora vendrán dentro de un rato y, además, la niña nunca se despierta.» Pero estaba mal y se lo dije, aunque por supuesto no me enteré de que Léonie se iba con ella hasta más tarde. De haberlo sabido, hubiera subido para ver si ella, usted, quiero decir, miss Gwenda, se encontraba bien. No se oye nada desde la cocina cuando la puerta está cerrada.

»Yo estaba planchando. El tiempo se me pasó volando y lo primero que supe fue que el doctor Kennedy entró en la cocina para preguntarme dónde estaba Lily. Le dije que era su noche libre, pero que no tardaría en volver, y así fue, porque entró en aquel mismo momento, y él se la llevó a la habitación de la señora. Quería saber si había cogido algunas prendas y cuáles eran. Así que Lily miró en los armarios, se lo dijo y después bajó a la cocina. No veía la hora de contármelo. "Se ha largado —dijo—. Se ha fugado con un tipo. El señor está a punto de palmarla. Le ha dado un derrame cerebral o algo así. Al parecer, ha sido toda una sorpresa para él. Menudo tonto. Tendría que haberlo visto venir." "No deberías hablar así —le dije—. ¿Cómo sabes que se ha marchado con alguien? Quizá ha recibido un telegrama de algún familiar enfermo." "¿Enfermo? ¡Y un cuerno!", dijo Lily, tan vulgar como siempre. "Ha dejado una nota." "¿Con quién se ha ido?" "¿Con quién te crees tú? —me respondió Lily—. Seguro que no ha sido con ese llorica de Fane, que con esos ojos de cordero degollado la sigue a todas partes como un perro." Así que le pregunté: "¿Tú crees que es el capitán como se llame?", y ella me contestó: "Ese es mi candidato, a menos que sea el hombre misterioso del cochazo de lujo". Esto último no era más que una pequeña broma privada entre nosotras dos. Yo le dije: "No me lo creo, no de Mrs. Halliday. Nunca haría una cosa así". "Pues ya ves, lo ha hecho."

»Todo esto fue al principio. Pero más tarde, cuando estábamos en nuestro dormitorio, Lily me despertó.

"Oye —me dijo— está todo mal." "¿Qué es lo que está mal?", pregunté. "Las prendas." "¿Se puede saber de qué estás hablando?" "Escucha bien, Edie —me dijo—, he mirado en los armarios porque el doctor me lo ha pedido. Faltaba una maleta y la ropa para llenarla, pero son las prendas equivocadas." "¿Qué quieres decir?" Lily me contestó: "Se ha llevado el vestido de noche, el gris y plata, pero no se ha llevado el cinturón ni el corpiño, ni tampoco las enaguas, y se ha llevado los zapatos dorados, pero no los plateados. También se ha llevado la chaqueta de *tweed* verde que nunca usa hasta bien entrado el otoño, pero no se ha llevado el jersey. En cambio, ha metido en la maleta las blusas de encaje que solo usa con el traje chaqueta. Ah, tampoco se ha llevado ropa interior. Escucha bien lo que te digo, Edie. La señora no se ha ido: el señor se la ha cargado".

»Bueno, aquello acabó de despertarme. Me senté en la cama y le pregunté de qué demonios estaba hablando. "Es como en el noticiario de la semana pasada. El señor descubrió que lo engañaba y la ha matado, se la ha llevado al sótano y la ha enterrado. Tú no has oído nada porque está debajo del vestíbulo. Eso es lo que ha debido de suceder, y después ha hecho la maleta para que pareciera que ella se había ido. Pero ella está aquí, en el sótano. No ha salido de esta casa con vida." Entonces le dije todo lo que pensaba de ella por decir esas cosas tan horribles. Pero admito que a la mañana siguiente bajé al sótano. Todo estaba como siempre y no había rastro de que nadie hubiera estado cavando. Fui a buscar a Lily y le dije que era una tonta, pero ella insistió en que el señor la había matado. "Recuerda que ella le tenía miedo. Le oí bien cuando lo decía." "Ahí es donde te equivocas, Lily

—le dije—, porque no era el señor. No habías acabado de contarme lo que había pasado cuando miré por la ventana y vi al señor que bajaba la colina con los palos de golf, o sea, que no podía estar con la señora en la sala. Tuvo que ser algún otro."

El eco de las palabras de la cocinera pareció demorarse en el aire de la sala.

—Tuvo que ser algún otro —repitió Giles en voz baja.

Capítulo 15

Una dirección

El Royal Clarence era el hotel más antiguo de la ciudad. Tenía la fachada curva, de un color amarillo claro, y el ambiente de épocas pasadas. Su clientela la formaba el tipo de familias que podían permitirse un mes de vacaciones en la playa.

Miss Narracott, la encargada de la recepción, era una mujer de cuarenta y tantos años, con un busto generoso y un peinado pasado de moda.

Atendió a Giles con mucha cortesía después de catalogarlo con ojo de experta como «uno de los nuestros». Giles, que tenía una gran facilidad de palabra y sabía ser muy persuasivo cuando le interesaba, le endilgó un cuento muy bien urdido. Había hecho una apuesta con su esposa, y el motivo de la apuesta era si la madrina de su esposa se había alojado o no en el Royal Clarence dieciocho años atrás. Su esposa afirmaba que nunca lo sabrían porque no había ningún hotel que guardara los registros de huéspedes después de tantos años, pero él le había respondido que eso era una tontería. Un establecimiento de la categoría del Royal Clarence tenía que guardarlos y, sin duda, debían de remontarse hasta un siglo atrás.

—Bueno, no tanto, Mr. Reed, pero sí que guardamos todos nuestros registros de los antiguos huéspedes, como nos gusta llamarlos. Aparecen algunos nombres muy interesantes. El rey estuvo aquí cuando era príncipe de Gales, y la princesa de Holstein-Rotz venía todos los inviernos con su dama de compañía. También tuvimos a algunos novelistas famosos, y a Mr. Dovey, el retratista.

Giles respondió con el interés y el respeto adecuados y, al cabo de un rato, le trajeron el volumen del año en cuestión.

Miss Narracott le señaló los varios nombres ilustres que aparecían en las páginas y, a continuación, Giles buscó las anotaciones correspondientes al mes de julio.

Sí, aquí estaban los nombres que buscaba: el comandante y Mrs. Setoun Erskine, Anstell Manor, Daith, Northumberland, 24 de julio-17 de agosto.

—¿Puedo tomar nota?

—Por supuesto, Mr. Reed. Aquí tiene papel y tinta. Ah, tiene usted una estilográfica. Con su permiso, tengo que volver a la recepción. —Lo dejó con el libro abierto, y Giles se puso manos a la obra.

Regresó a Hillside y se dirigió al jardín, donde se encontraba Gwenda, ocupada en el arreglo de un seto.

—¿Has tenido suerte? —preguntó la joven.

—Sí, creo que ya lo tenemos.

—Anstell Manor, Daith, Northumberland —leyó Gwenda en voz baja—. Creo que Edith mencionó Northumberland. Me pregunto si todavía vivirán allí.

—Iremos a comprobarlo.

—Eso es. ¿Cuándo crees que podremos ir?

—Lo antes posible. ¿Qué tal mañana? Cogeremos el coche y aprovecharemos el paseo para que veas algo más de Inglaterra.

—¿Qué haremos si han muerto, o se han ido y hay otras personas en la casa?

Giles se encogió de hombros.

—En ese caso, regresaremos aquí y continuaremos con las otras pistas. Por cierto, le pregunté a Kennedy si puede enviarnos las cartas que le escribió Helen después de marcharse, si es que todavía las conserva, y una muestra de su escritura.

—Lo que más me gustaría —dijo Gwenda— es que pudiéramos ponernos en contacto con la otra criada, con Lily, la que le puso el lazo a Tommy.

—Es curioso que recordaras el episodio.

—Sí. También recuerdo a Tommy. Era negro con manchas blancas y tuvo tres gatitos preciosos.

—¿Quién? ¿Tommy?

—Se llamaba Tommy, pero al final resultó que era una hembra. Ya sabes lo que pasa con los gatos. Me pregunto qué habrá sido de Lily. Miss Pagett no ha vuelto a saber nada de ella. Además, no era de por aquí y, después de lo ocurrido, aceptó un empleo en Torquay. Le escribió a Edith un par de veces. Oyó decir que se había casado, pero no sabe el nombre del marido. Si pudiéramos dar con su paradero, nos enteraríamos de muchas más cosas.

—¿Qué me dices de Léonie, la chica suiza?

—Quizá, pero era extranjera y seguramente no se enteraría de gran cosa. No la recuerdo en absoluto. Es Lily la que nos sería más útil. Era muy avispada. Pongamos otro anuncio para pedirle que se ponga en contacto con nosotros. Se llamaba Lily Abbot.

—Sí, vale la pena intentarlo. Mañana iremos al norte a ver qué descubrimos de los Erskine.

Capítulo 16

Un hijo de mamá

—Siéntate, Henry —le ordenó Mrs. Fane a un spaniel asmático con ojos codiciosos—. ¿Otro bollo, Miss Marple? Todavía están calientes.

—Muchas gracias. Están deliciosos. Tiene usted una cocinera excelente.

—Louisa no lo hace mal. Un poco despistada, como todas ellas, pero es muy aburrida en cuestión de postres. Dígame una cosa, ¿cómo le va a Dorothy Yarde con la ciática? La hacía sufrir mucho. Supongo que será cosa de los nervios.

Miss Marple se apresuró a darle una amplia información sobre los males de la amiga mutua. Era una suerte, pensó, que, entre sus muchas amigas y conocidas dispersas por toda Inglaterra, hubiera encontrado a una mujer que conocía a Mrs. Fane y que no había tenido reparos en escribirle para informarle de que su amiga Miss Marple pensaba pasar una temporada en Dillmouth, por lo que le rogaba si la querida Eleanor sería tan amable de invitarla a tomar el té.

Eleanor Fane era una mujer alta y autoritaria, con los

ojos gris acerado, el pelo blanco y una piel tersa y rosada como la de un bebé que disimulaba muy bien el hecho de que era una persona que no tenía nada de tierna.

Hablaron largo y tendido sobre las enfermedades reales o imaginarias de Dorothy, luego de la salud de Miss Marple, de lo sano que era el aire de Dillmouth y de la mala salud en general de las jóvenes generaciones.

—No les hicieron comer cortezas cuando eran pequeños —afirmó Mrs. Fane—. Eso es algo que nunca perdono a mis hijos.

—¿Cuántos hijos tiene?

—Tres. El mayor, Gerald, está en Singapur, en el Far East Bank. Robert está en el ejército. Se casó con una católica —manifestó con evidente desagrado—. ¡Usted ya sabe lo que eso significa! Todos los niños educados como católicos. ¡No sé lo que hubiese dicho el padre de Robert! Mi marido era un anglicano radical. En la actualidad, casi no tengo noticias de Robert. Se tomó a mal muchas de las cosas que le dije por su propio bien. Creo en la sinceridad y en decir exactamente lo que uno piensa. En mi opinión, su matrimonio fue una desgracia. Dice que es feliz, pero yo no lo creo.

—¿Su hijo menor es soltero?

Mrs. Fane miró a su visitante con una expresión de orgullo.

—Así es. Walter vive en casa. Siempre ha sido una persona delicada de salud y me he ocupado de cuidarlo. No tardará en llegar. No tengo palabras para decirle lo considerado que es y lo mucho que me quiere. Me puedo considerar una mujer afortunada por tener un hijo como Walter.

—¿Él nunca se ha planteado casarse?

—Walter siempre ha dicho que no le gustan las jóvenes modernas. No le atraen. Él y yo tenemos tantas cosas en común que me temo que no sale mucho. Me lee a Thackeray por las noches o jugamos a las cartas.

—Qué encantador —exclamó Miss Marple—. ¿Siempre ha estado en la firma de abogados? No sé quién me dijo que usted tenía un hijo que había estado en Ceilán, a cargo de una plantación de té, pero quizá estaba equivocado.

Mrs. Fane frunció el entrecejo. Le ofreció a su visitante un trozo de tarta de nueces.

—Eso fue cuando era muy joven. Uno de esos impulsos juveniles. A los muchachos siempre les entusiasma la idea de ver mundo. La verdad es que detrás de aquello había una muchacha. Las mujeres son capaces de trastornarlo todo.

—Sí, desde luego. Recuerdo que mi sobrino...

Mrs. Fane no hizo el menor caso del sobrino de Miss Marple. Llevaba la voz cantante y no quería perderse la oportunidad de entretener con sus recuerdos a la simpática amiga de la querida Dorothy.

—Una joven muy poco adecuada, como suele ser siempre el caso. No quiero decir que fuera una actriz o algo parecido. La hermana del médico del pueblo, aunque mejor sería decir su hija, porque le llevaba muchos años y el pobre hombre no tenía ni idea de cómo criarla. Los hombres son muy inútiles para esas cosas, ¿verdad? Ella hacía lo que le venía en gana. Primero se lio con un joven de la firma, un vulgar administrativo bastante tarambana. Tuvieron que despedirlo. Reveló información confidencial. Todo el mundo pensaba que la muchacha, Helen Kennedy, era muy bonita, aunque nunca acepté esa opinión. Siempre creí que se teñía el pelo. Pero Walter, pobre muchacho, se enamoró locamente de ella. Como le decía, no pudo elegir peor: una muchacha sin dinero ni perspectivas, la clase de chica que nadie quiere como nuera. Pero ¿qué puede hacer una madre? Walter le propuso matrimonio y ella lo rechazó. Después se le metió en la cabeza aquella idea ridícula de explotar una plantación de té. Mi marido dijo: «Déjalo que vaya», aunque, por supuesto, se llevó una gran desilusión. Esperaba que Walter entrara en la firma, porque ya se había licenciado en Derecho. Pero así son las cosas. ¡Es increíble lo que pueden llegar a hacer estos jóvenes!

—Lo sé. Mi sobrino...

Una vez más, Mrs. Fane no hizo el menor caso del sobrino de Miss Marple.

—Así que mi querido hijo se marchó a Assam o a Bangalore, la verdad es que no lo recuerdo después de tantos años, y me quedé muy intranquila porque estaba segura de que su salud no lo resistiría. Como le iba diciendo, no llevaba allí ni un año, aunque lo cierto es que las cosas le iban muy bien, Walter hace bien todo lo que se propone, cuando aquella desvergonzada le escribió para decirle que ahora sí que quería casarse.

—Vaya, vaya. —Miss Marple asintió con la cabeza.

—Preparó su ajuar, sacó el pasaje y ¿qué cree usted que hizo a continuación?

—Ni me lo imagino —respondió Miss Marple expectante.

—Tuvo una aventura con un hombre casado. ¡Vaya desfachatez! En el viaje de ida. Un hombre casado y con tres hijos, si no me equivoco. La cuestión es que allí estaba Walter en el muelle, preparado para recibirla, y lo primero que le dice ella es que ahora no quiere casarse. ¿No cree usted que es una manera de actuar muy perversa?

—Por supuesto que sí. Diría que quizá destruyó completamente la fe de su hijo en la naturaleza humana.

—Tendría que haberle servido para que la viera como era en realidad. Pero ya se sabe, esa clase de mujeres siempre se salen con la suya.

—¿Él no le reprochó su proceder? —Miss Marple vaciló—. Algunos hombres se hubieran puesto furiosos.

—Walter siempre ha sabido controlar su temperamento. Por muy alterado y furioso que esté, nunca lo demuestra.

Miss Marple la observó pensativa. Después aventuró una opinión.

—¿Quizá porque es algo muy interno? A veces te asombras con las reacciones de los niños. Un súbito estallido cuando menos te lo esperas. Ocurre cuando se trata de una naturaleza sensible que es incapaz de manifestarse hasta que la empujan más allá de lo tolerable.

—Ah, es muy curioso que lo diga, Miss Marple. Lo recuerdo con tanta claridad... Gerald y Robert eran dos chicos con mucho temperamento y siempre estaban a la greña. Algo muy natural, por supuesto, cuando se trata de niños sanos.

—Sí, muy natural.

—En cambio, mi querido Walter, siempre tan callado y paciente... Sin embargo, recuerdo que Robert le cogió un día la maqueta de un avión que él había montado con mucha habilidad y paciencia, y, siendo como era un chico muy bien dispuesto y animoso pero un tanto descuidado, se la rompió. Cuando entré en la habitación, me encontré con Robert tendido en el suelo y a Walter que lo golpeaba con un atizador; le había dejado casi inconsciente y tuve que emplear todas mis fuerzas para apartar a Walter, que no dejaba de repetir: «Lo ha hecho adrede, lo ha hecho adrede. Le mataré». Me llevé un buen susto. Los chicos se lo toman todo muy a la tremenda, ¿verdad?

—Sí, desde luego —respondió Miss Marple con la misma expresión pensativa. Volvió al tema anterior—. O sea, que se rompió el compromiso. ¿Qué fue de la chica?

—Regresó a casa. Tuvo otra aventura romántica en el viaje de regreso y esta vez se casó con el hombre, un viudo con una hija. Un hombre que acaba de perder a su esposa siempre es una presa fácil: el pobre está indefenso. Se casaron y vinieron a vivir aquí, a una casa al otro lado de la ciudad: St. Catherine's, junto al hospital. Aquello no duró, por supuesto. Ella lo abandonó al cabo de un año. Se marchó con un amante.

—¡Vaya, vaya! —Miss Marple asintió con la cabeza—. ¡Su hijo se libró de una buena!

—Eso es lo que siempre le digo.

—¿Abandonó la plantación de té por motivos de salud?

Mrs. Fane frunció el entrecejo por una fracción de segundo.

—Acabó cansado de aquella vida. Regresó a casa unos seis meses después de que volviera la joven.

—Tuvo que ser un tanto embarazoso —sugirió Miss Marple—. Me refiero a que si la joven vivía aquí, en la misma ciudad...

—Walter estuvo maravilloso —afirmó Mrs. Fane—. Se comportó como si no hubiera ocurrido nada. Yo era partidaria, incluso se lo dije en su momento, de cortar por lo sano y no verla nunca más; después de todo, los encuentros hubieran sido molestos para ambos. Pero Walter insistió en comportarse como un amigo. Iba de visita a su casa de una manera de lo más informal y jugaba con la niña. Por cierto que no deja de ser curioso que la niña esté otra vez aquí. Claro que ahora es una mujer casada. El otro día estuvo en el despacho de Walter para hacer su testamento. Ahora se llama Reed. Sí, eso es. Reed.

—¡Mr. y Mrs. Reed! Los conozco. Una pareja encantadora y muy sencilla. Sí que es curioso, y ella es la hija de...

—Es hija de la primera esposa, la que falleció en la India. El pobre comandante, he olvidado su nombre, Hallway o algo así, se desmoronó completamente cuando aquella sinvergüenza lo dejó. ¡Por qué las peores mujeres siempre atraen a los mejores hombres es algo que nunca he podido entender!

—¿Qué se sabe de aquel joven con el que tuvo su primera relación? Dijo usted que trabajaba como administrativo en la firma de su hijo. ¿Qué se hizo de él?

—Ha prosperado mucho. Tiene una compañía de autocares de turismo. Afflick's Daffodil Coaches. Pintados de un color amarillo brillante. ¡Vivimos en un mundo cada vez más vulgar!

—¿Afflick?

—Jackie Afflick. Un tipejo de lo más desagradable y ambicioso. Siempre dispuesto a aprovechar cualquier oportunidad. Seguramente esa es la razón que le llevó a liarse con Helen Kennedy. La hermana de un médico y todo eso. Supuso que le ayudaría a mejorar su posición social.

—¿La tal Helen nunca volvió a Dillmouth?

—No, y me alegro. Es muy probable que ya se haya convertido en una mujerzuela. Lo lamento por el doctor Kennedy. No es culpa suya. La segunda mujer de su padre era bastante alocada, mucho más joven que su marido. Supongo que Helen heredó los vicios de su madre. Siempre he pensado que... —Mrs. Fane se interrumpió—. Walter ya está aquí —anunció. Su oído de madre le había hecho reconocer los sonidos en el vestíbulo. Se abrió la puerta y entró Walter Fane.

—Esta es Miss Marple, hijo. Llama a la doncella, cariño, y tomaremos un poco más de té.

—No te molestes, mamá. Ya he tomado una taza.

—Claro que tomaremos más té y unos cuantos bollos. Beatrice, trae té y más bollos —le ordenó Mrs. Fane a la doncella que acababa de entrar.

—Sí, señora.

—Como ve, mi madre me mima —dijo Walter con una sonrisa amable. Miss Marple lo observó mientras hacía un comentario cortés.

Una persona amable y discreta, pero con un carácter gris. La clase de hombre poco atractivo para las mujeres, y al que solo aceptan por marido cuando el hombre al que aman no corresponde a su afecto. Walter, que nunca abandonaría a una mujer. El pobre Walter, el hijo de mamá. El pequeño Walter Fane, que había atacado a su hermano con un atizador, dispuesto a matarlo.

Capítulo 17

Richard Erskine

1

Anstell Manor tenía un aspecto lúgubre. Era una casa blanca que destacaba contra un fondo de colinas grises. El camino de entrada cruzaba un jardín boscoso.

—¿Qué excusa les podemos dar? —le preguntó Giles a Gwenda—. Tendremos que decirles alguna cosa.

—Ya lo habíamos decidido.

—Sí, pero no sé si nos servirá de mucho. Es una suerte que la prima de la hermana de su cuñado o lo que sea viva por aquí. Pero me parece que va más allá de los límites de una visita social preguntarle al anfitrión por sus amoríos.

—Para colmo, después de tantos años. Quizá ni siquiera la recuerda.

—Tal vez no, y tal vez nunca existió una relación amorosa entre los dos.

—Giles, ¿crees que nos estamos comportando como unos tontos?

—No lo sé, aunque a veces sí que me lo parece. No

veo por qué tuvimos que meternos en todo este embrollo. ¿Qué más da después de tanto tiempo?

—Sí, han pasado muchos años. Lo sé. Miss Marple y el doctor Kennedy nos recomendaron no escarbar en el pasado. ¿Por qué lo hicimos, Giles? ¿Qué nos empuja a seguir adelante? ¿Es ella?

—¿Ella?

—Helen. ¿Es por eso por lo que lo recordé? ¿Son mis recuerdos infantiles el único vínculo que tiene ella con la vida, con la verdad? ¿Es Helen la que me utiliza, y a ti también, para descubrir la verdad?

—¿Quieres decir que lo hace porque tuvo una muerte violenta?

—Sí. Eso es lo que dicen los libros, que algunas veces no pueden descansar.

—Creo que te imaginas cosas, Gwenda.

—Quizá sí. En cualquier caso, siempre estamos a tiempo de cambiar. Esto es solo una visita social. No hay necesidad de ir más allá a menos que queramos.

Giles asintió con la cabeza.

—Seguiremos adelante. No lo podremos evitar.

—Sí, tienes razón. De todas maneras, Giles, admito que estoy asustada.

2

—¿Buscan una casa? —preguntó el comandante Erskine.

Le ofreció a Gwenda un plato con sándwiches. Gwenda cogió uno con la mirada puesta en el dueño de la casa. Richard Erskine era un hombre bajo, un metro sesenta.

Tenía el pelo gris, unos ojos cansados y mirada triste. Hablaba en voz baja, arrastrando las palabras. No había nada destacable en él, pero Gwenda pensó que era muy atractivo. No era bien parecido como Walter Fane y, sin embargo, las mismas mujeres que no mirarían dos veces a Fane sí que se fijarían en Erskine. Fane era un ser gris. Erskine, a pesar de su discreción, tenía personalidad. Hablaba de cosas comunes de una manera común, pero tenía algo, algo que las mujeres advierten en el acto y ante lo que reaccionan de una manera muy femenina. Gwenda, casi sin darse cuenta, se ajustó la falda y se acomodó un rizo rebelde. Estaba completamente segura de que Helen Kennedy se había enamorado de este hombre en cuanto lo había conocido en el barco.

Desvió la mirada por un momento y se le subieron los colores al descubrir que la esposa de Erskine la miraba sin disimulo. Mrs. Erskine conversaba con Giles, pero observaba a Gwenda con una expresión de sospecha. Janet Erskine era alta, de complexión atlética y con una voz profunda, casi tan profunda como la de un hombre. Vestía una chaqueta de *tweed* de buen corte con los bolsillos muy grandes. Parecía mayor que su marido, pero quizá no era así. Tenía el rostro demacrado. Gwenda pensó que no era una mujer feliz, y que le amargaba la vida a su marido. Continuó con la conversación.

—Buscar casa es algo agotador —comentó—. Las inmobiliarias te ofrecen unas descripciones de ensueño, pero, cuando llegas al lugar, te encuentras con que es un desastre.

—¿Piensan instalarse en esta zona?

—Bueno, es una de las que tenemos en consideración. Sobre todo porque está cerca del Muro de Adriano. Giles siempre se ha sentido fascinado por el Muro de Adriano. Verá, supongo que les parecerá extraño, pero a nosotros nos da lo mismo cualquier lugar de Inglaterra. Mi casa está en Nueva Zelanda y no tengo ningún vínculo aquí. A Giles le sucede tres cuartos de lo mismo, porque solo pasó algún que otro verano en casa de sus tías. Lo único que queremos es no estar demasiado cerca de Londres. Nos gusta el campo de verdad.

El comandante Erskine sonrió.

—Eso sí que no le faltará por aquí. Es una zona aislada. Los vecinos son pocos y están muy separados.

A Gwenda le pareció notar un leve tono de amargura en la agradable voz del hombre. De pronto tuvo la visión de una vida solitaria, de días cortos, fríos y grises con el viento soplando por las chimeneas, las cortinas echadas, encerrado con esta mujer de mirada triste y los pocos y lejanos vecinos.

Entonces se esfumó la visión y volvió a ser verano, con los ventanales abiertos al jardín, el perfume de las flores y los sonidos del estío.

—Es una casa muy antigua, ¿verdad?

—Reina Ana. Mi familia lleva aquí casi tres siglos.

—Es una casa preciosa. Estará usted orgulloso.

—Ahora, más que preciosa, es ruinosa. Los impuestos hacen que sea difícil tener suficiente dinero para las reparaciones. Claro que ahora ya ha pasado lo peor, porque los hijos se han hecho mayores y no viven aquí.

—¿Cuántos hijos tiene?

—Dos. Uno está en el ejército. El otro acaba de terminar su carrera en Oxford y ha conseguido empleo en una editorial.

El comandante miró hacia la chimenea y Gwenda lo

imitó. En la repisa había una foto de dos adolescentes, tomada hacía unos pocos años.

—Son buenos chicos, aunque no está bien que sea yo quien lo diga —manifestó en un tono de orgullo y afecto.

—Son muy guapos.

—Sí. Creo que ha valido la pena. Me refiero a sacrificarnos por los hijos —añadió como respuesta a la mirada inquisitiva de Gwenda.

—Supongo que a veces hay que renunciar a muchas cosas.

—Sí, a muchas cosas.

Gwenda notó la segunda intención en las palabras del comandante, pero no pudo decir nada más porque Mrs. Erskine intervino con su voz profunda y autoritaria:

—¿Es verdad que están ustedes buscando una casa en esta zona? No conozco ninguna que pueda ser adecuada para ustedes.

«Tampoco me lo dirías si lo supieras —pensó Gwenda con cierta malicia—. La muy tonta está celosa. Tiene celos porque hablo con su marido y soy joven y atractiva.»

—Todo depende de la prisa que tengan —comentó Erskine.

—Ninguna en absoluto —replicó Gwenda alegre—. Queremos estar seguros de encontrar algo que nos guste de verdad. Ya tenemos una casa en Dillmouth, en la costa sur.

El comandante se levantó bruscamente para ir a buscar la cigarrera que estaba en una mesa junto a la ventana.

—Dillmouth —repitió Mrs. Erskine con voz inexpresiva y la vista fija en la nuca de su marido.

—Un pueblo muy bonito —afirmó Giles—. ¿Lo conocen?

Se produjo un silencio que rompió Mrs. Erskine con la misma voz inexpresiva.

—Pasamos allí unas semanas de vacaciones hace ya muchos años. No nos gustó. Lo encontramos demasiado aburrido.

—Sí, eso mismo opinamos nosotros —manifestó Gwenda—. A Giles y a mí nos gustan los aires más vigorizantes.

Erskine volvió con la cigarrera. Le ofreció la caja a Gwenda.

La joven cogió un cigarrillo y el comandante se lo encendió.

—¿Recuerda usted algo de Dillmouth?

Erskine movió los labios en un gesto que Gwenda interpretó como un espasmo de dolor.

—Lo recuerdo bastante bien —respondió con la voz controlada—. Nos alojamos en el..., déjeme ver, en el Royal George..., no, en el hotel Royal Clarence.

—Ah, sí, es el más antiguo y lujoso. Nuestra casa está muy cerca. Se llama Hillside, pero antes tenía otro nombre. St. Mary's, o algo así. ¿Cómo se llamaba, Giles?

—St. Catherine's.

Esta vez la reacción fue inconfundible. Erskine se volvió súbitamente, Mrs. Erskine golpeó la taza con el platillo.

—Quizá quieran ustedes visitar el jardín —dijo con voz agria.

—Sí, por favor.

Salieron de la casa por la puerta acristalada del salón. Era un jardín muy bien cuidado y con una gran variedad de plantas. Un parterre rodeaba la casa y los senderos eran de baldosas irregulares. El comandante, quien, como era evidente, se encargaba del cuidado del jardín, habló con entusiasmo de las rosas, los arbustos y de todo lo demás que había a la vista.

Después de un amplio recorrido por el jardín, la pareja se despidió de los dueños de la casa. Ya en el coche, Giles preguntó:

—¿Has conseguido dejarlo caer?

—Junto al segundo grupo de espuelas de caballero.

Se miró el dedo al tiempo que hacía girar la alianza matrimonial.

—¿Qué pasará si no lo recuperas?

—No es el anillo de compromiso. Nunca se me ocurriría arriesgarme a perderlo.

—Me alegra saberlo.

—Le tengo mucho cariño a ese anillo. ¿Recuerdas tus palabras cuando me lo diste? Una esmeralda verde para una gatita de ojos verdes.

—Creo que nuestras expresiones de cariño le parecerían un tanto extrañas a alguien de la generación de Miss Marple.

—Me pregunto qué estará haciendo ahora. ¿Estará tomando el sol en el paseo marítimo?

—¡Qué va! Seguro que estará preguntando algo a alguien. Espero que ese alguien no decida que está entrometiéndose demasiado.

—Es algo muy natural en una anciana. No llama tanto la atención. El problema sería que nosotros hiciéramos tantas preguntas.

—Es por eso por lo que no me gusta... —Giles se interrumpió. En su rostro apareció una expresión grave—. No me gusta que las hagas tú. No soporto quedarme en casa y ver que tú te encargas del trabajo sucio.

Gwenda le acarició la mejilla.

—Lo sé. Pero debes admitir que es algo peliagudo. Es una impertinencia preguntarle a un hombre por su pasado amoroso, pero es algo que una mujer está en condiciones de hacer si es lista, y no soy tonta.

—Sé que eres muy lista. Sin embargo, si Erskine es el hombre que buscamos...

—No creo que lo sea —opinó Gwenda pensativamente.

—¿Crees que estamos ladrando al árbol equivocado?

—No del todo. Creo que estuvo enamorado de Helen, pero es un hombre agradable, Giles, muy agradable. No es un estrangulador.

—No creo que tengas mucha experiencia en materia de estranguladores, Gwenda.

—No, pero tengo instinto femenino.

—Eso es lo mismo que dicen todas las mujeres que acaban estranguladas. Bromas aparte, ¿me prometes que tendrás cuidado?

—Por supuesto. Me da mucha pena ese pobre hombre. Tener que soportar a semejante esposa... Seguro que lleva una vida muy desgraciada.

—Es una mujer extraña. Asusta.

—Sí, es bastante siniestra. ¿Te fijaste en que no dejó de vigilarme ni un solo instante?

—Espero que el plan dé resultado.

3

Los jóvenes pusieron en práctica su plan a la mañana siguiente.

Giles, que afirmó tener la sensación de que se estaba comportando como un detective barato en un juicio de divorcio, buscó un lugar desde el que se veía con toda claridad la puerta principal de Anstell Manor. Sobre las once y media, informó a Gwenda de que tenía el campo libre. Mrs. Erskine había salido con su coche para dirigirse al mercado del pueblo, que estaba a unos ocho kilómetros.

Gwenda apareció con el coche, lo aparcó delante de la casa y tocó el timbre. Le preguntó a la doncella si estaba Mrs. Erskine y, cuando le informaron de que no se encontraba en la casa, preguntó por Mr. Erskine. El comandante estaba en el jardín. Interrumpió su trabajo cuando vio a la visitante.

—Lamento molestarlo —dijo Gwenda—, pero creo que ayer se me cayó un anillo mientras recorríamos el jardín. Sé que lo llevaba cuando vinimos a tomar el té. Me iba un poco grande, pero me daría mucha pena perderlo porque es mi alianza de compromiso.

Iniciaron la búsqueda. Gwenda hizo todo lo posible para seguir los mismos pasos del día anterior y se detuvo ante todas las flores que había tocado. Por fin, el anillo apareció cerca del segundo grupo de espuelas de caballero. Gwenda manifestó su alegría sin el menor recato.

—Ahora que lo ha encontrado, ¿puedo ofrecerle una copa, Mrs. Reed? ¿Una cerveza? ¿Un jerez? ¿O prefiere un café?

—No quiero nada, gracias. Solo un cigarrillo.

La joven y el dueño de la casa se sentaron en un banco y fumaron en silencio. A Gwenda el corazón le latía cada vez más rápido. No podía demorarlo más. Tenía que arriesgarse.

—Quiero preguntarle algo. Quizá lo considere como algo muy impertinente por mi parte, pero me interesa muchísimo saberlo y probablemente es usted la única persona que pueda decírmelo. Creo que, durante un tiempo, estuvo usted enamorado de mi madrastra.

El comandante la miró atónito.

—¿De su madrastra?

—Sí. Helen Kennedy. Halliday era su apellido de casada.

—Comprendo. —El comandante guardó silencio con la mirada perdida en el vacío. El cigarrillo se consumió entre sus dedos. Gwenda sabía que el hombre estaba viviendo un tumulto emocional. Erskine le tocó el brazo, mientras decía en voz alta como si estuviese respondiendo a una pregunta que se había formulado él mismo—: Supongo que es por las cartas.

Gwenda no hizo ningún comentario.

—No fueron muchas. Dos, quizá tres. Me dijo que las había roto, pero las mujeres nunca tiran las cartas, ¿verdad? Ahora han llegado a sus manos y quiere saber más.

—Quiero saber más de ella. La quería mucho, aunque yo era muy pequeña cuando se marchó.

—¿Se marchó?

—¿No lo sabía?

—No he vuelto a saber nada más de ella desde aquel verano en Dillmouth —afirmó Erskine con una expresión cándida y sorprendida.

—Entonces, ¿no sabe usted dónde está ahora?

—¿Cómo podría saberlo? Han pasado muchos años. Todo aquello está olvidado.

—¿Olvidado?

El comandante sonrió con una sonrisa triste.

—Quizá no tan olvidado. Es usted muy perspicaz, Mrs. Reed. Hábleme de ella. No está muerta, ¿verdad?

Se estremecieron cuando una súbita racha de viento barrió el jardín.

—No sé si está muerta o no. No sé nada de ella. Creí que usted podría decirme algo. —El comandante negó con la cabeza, y Gwenda añadió—: Se marchó de Dillmouth aquel verano. Una noche desapareció sin más. No le dijo nada a nadie y nunca más volvió.

—¿Pensó usted que yo podría saberlo?

—Sí.

El comandante negó con la cabeza de nuevo.

—No. Ni una palabra. Sin duda su hermano, el doctor que reside en Dillmouth, debe saberlo, ¿o está muerto?

—No, está vivo, pero él tampoco lo sabe. Verá, todos pensaron que se había marchado con alguien.

Erskine la observó con una mirada de profunda tristeza.

—¿Creyeron que se había fugado conmigo?

—Era una posibilidad.

—¿Una posibilidad? No lo creo. Nunca existió. ¿Tal vez se pueda decir que fuimos unos tontos, unos seres demasiado concienzudos, que dejaron escapar la oportunidad de ser felices?

Gwenda no dijo ni una palabra, mientras el comandante seguía contemplándola.

—Quizá lo mejor será que sepa toda la historia, aunque no hay mucho que contar. Pero no quiero que juzgue usted mal a Helen. Nos conocimos en un barco que iba a la India. Uno de mis hijos había enfermado poco antes de emprender el viaje y decidimos que mi esposa me seguiría en el próximo barco. Helen iba a casarse con un hombre que vivía en una plantación de té o algo así. No lo amaba. Solo era un viejo amigo, atento y bondadoso, y ella solo deseaba marcharse de su casa, donde no era feliz. Nos enamoramos. Quizá le parezca una declaración demasiado sincera, pero es que quiero dejar bien claro que no fue uno de esos típicos enamoramientos de los cruceros a la luz de la luna. Fue algo serio y, para los dos, fue también terrible. No podíamos hacer nada. Yo no podía abandonar a Janet y a los chicos. Helen lo vio claro desde el primer momento. Si solo hubiese sido Janet..., pero estaban los chicos. No había ninguna esperanza. Acordamos decirnos adiós y hacer lo posible por olvidar.

El comandante se interrumpió un segundo. Soltó una risa amarga.

—¿Olvidar? Nunca la olvidé ni por un instante. Mi vida se convirtió en un infierno. Me resultaba imposible no pensar en Helen. Al final no se casó con aquel tipo. En el último momento, se dio cuenta de que no podía hacerlo. Se embarcó de regreso a Inglaterra y, en el trayecto, conoció a aquel otro hombre, supongo que su padre. Me escribió un par de meses más tarde para informarme de lo que había hecho. Era un hombre que acababa de perder a su esposa y que tenía una niña pequeña. Creyó que podría hacerle feliz y que era lo más conveniente para ella. Me escribió desde Dillmouth. Al cabo de unos ocho meses, falleció mi padre y heredé todo esto. Pedí el retiro y regresé a Inglaterra. Quería disfrutar de unas semanas de vacaciones antes de ocupar la casa. Mi esposa sugirió Dillmouth. Una amiga le había comentado que era un pueblo muy agradable y tranquilo. Ella no sabía nada de Helen. ¿Se imagina usted la tentación? Volver a verla. Ver cómo era su esposo.

Erskine hizo una pausa mientras recordaba el pasado.

—Nos alojamos en el Royal Clarence. Fue un error. Ver a Helen fue un infierno. Parecía feliz. No sabía si seguía queriéndome o no. Quizá lo había superado. Creo que mi esposa sospechó algo. Es una mujer muy celosa, siempre lo ha sido. Esto es todo —añadió bruscamente—. Nos marchamos pronto de Dillmouth...

—El 17 de agosto.

—¿Esa era la fecha? Es probable. No la recuerdo con exactitud.

—Fue un sábado.

—Sí, tiene razón. Recuerdo que Janet dijo que quizá encontraríamos mucho tráfico en dirección norte, pero me parece que...

—Por favor, haga un esfuerzo e intente recordar, comandante. ¿Cuándo fue la última vez que vio a mi madrastra, a Helen?

Erskine sonrió con una sonrisa amable y cansada.

—No es necesario que me esfuerce. La vi a última hora de la tarde antes de marcharnos. En la playa. Salí a dar un paseo después de cenar y ella estaba allí. No había nadie más. La acompañé hasta la casa. Entramos en el jardín...

—¿A qué hora?

—No lo sé. Me parece que a las nueve.

—¿Se dijeron adiós?

—Nos dijimos adiós. —Erskine volvió a sonreír—. No fue el adiós que usted piensa. Fue muy corto y brusco. Helen dijo: «Por favor, vete ahora mismo. Prefiero...». No añadió nada más, y me marché.

—¿De regreso al hotel?

—Sí, sí, pero primero di un largo paseo por el campo.

—Es difícil acertar con las fechas exactas después de tantos años, pero creo que fue la noche en que ella se marchó y desapareció para siempre.

—Comprendo. Supongo que, cuando mi esposa y yo partimos a la mañana siguiente, todo el mundo dedujo que Helen se había fugado conmigo. La gente es encantadora.

—La cuestión es: ¿se marchó o no con usted? —manifestó Gwenda sin rodeos.

—Por todos los santos, no. Nunca se planteó nada por el estilo.

—Entonces, ¿por qué cree usted que decidió irse?

Erskine frunció el entrecejo. Cambió de actitud, se mostró más interesado.

—Comprendo. Eso plantea un problema. ¿No dejó ninguna explicación?

Gwenda meditó la respuesta y decidió responder lo que ella creía.

—No creo que dejara ninguna explicación. ¿Cree usted que se marchó con otro hombre?

—No, por supuesto que no lo hizo.

—Parece estar usted muy seguro.

—Claro que sí.

—Entonces, ¿por qué se marchó?

—Si se marchó así sin más, solo se me ocurre una razón. Decidió huir de mí.

—¿De usted?

—Sí. Quizá tenía miedo de que intentara verla otra vez, de que la molestara. Sin duda vio que estaba loco por ella. Sí, es la explicación más razonable.

—Eso no explica —replicó Gwenda— por qué nunca volvió. ¿Helen le habló de mi padre? ¿Estaba preocupada por él, le tenía miedo o algo parecido?

—¿Miedo? ¿Por qué? ¿Usted cree que quizá tenía celos? ¿Era un hombre celoso?

—No lo sé. Murió cuando yo era una niña.

—Ah, no. A mí siempre me pareció muy normal y agradable. Quería a Helen, estaba orgulloso de ella. No se me ocurre nada más. Yo era quien tenía celos de su padre.

—¿Le pareció que formaban una pareja feliz?

—Sí, eran felices. Me alegré y, al mismo tiempo, me dolió un poco. No, Helen no me habló de su marido. Apenas si disfrutamos de un momento de soledad, no tuvimos tiempo para confidencias. Pero, ahora que lo menciona, creo recordar que Helen estaba preocupada...

—¿Preocupada?

—Sí. En un primer momento creí que el motivo era mi esposa... —Se interrumpió—. Pero había algo más. —Volvió a mirar con atención a Gwenda—. ¿Le tenía miedo a su marido? ¿Era un hombre celoso?

—Usted ha dicho que no lo parecía.

—Los celos son una cosa muy extraña. Se reprimen y muchas veces ni siquiera sospechas que los tienes. —Erskine se estremeció—. Pero pueden ser algo aterrador.

—Hay algo más que quisiera saber... —Gwenda se calló al ver que llegaba un coche.

—Ah, es mi esposa, que regresa de hacer la compra —comentó el comandante.

Se convirtió en otra persona en un abrir y cerrar de ojos. Su tono se hizo más formal y en su rostro apareció una expresión grave. Un leve temblor delataba su nerviosismo.

Mrs. Erskine apareció por una esquina de la casa y el marido fue a su encuentro.

—Mrs. Reed perdió uno de sus anillos en el jardín —le explicó.

—¿Sí? —replicó Mrs. Erskine en tono desabrido.

—Buenos días —dijo Gwenda—. Ha habido suerte y lo hemos encontrado entre las espuelas de caballero.

—Vaya, me alegro.

—Me hubiera dado mucha pena perderlo. Bien, debo irme.

—La acompañaré hasta el coche —se ofreció el comandante.

Solo había dado unos pasos cuando se oyó la voz de su esposa:

—Richard. Si Mrs. Reed no tiene inconveniente en disculparte, hay una llamada muy urgente...

—Oh, por supuesto —manifestó Gwenda en el acto—. Por favor, no se moleste.

Se alejó apresuradamente por la terraza y dio media vuelta para ir hacia el camino de entrada. Entonces se detuvo. Mrs. Erskine había aparcado el coche de manera que impedía que Gwenda pudiera dar la vuelta para sacar el suyo. Vaciló por un instante y después volvió sobre sus pasos. Estaba muy cerca de los ventanales cuando se detuvo bruscamente al oír la voz airada de Mrs. Erskine.

—No me importa lo que digas. Tú lo arreglaste, todo esto es obra tuya. Quedaste con esa chica para que viniera aquí mientras yo estaba en Daith. Siempre haces lo mismo. Con todas las chicas. No lo toleraré. Te lo advierto, no pienso tolerarlo.

—Algunas veces, Janet, creo que te has vuelto loca —replicó Erskine en un tono desconsolado.

—No soy yo la que está loca. ¡Eres tú! ¡No puedes dejar en paz a las mujeres!

—Sabes que no es cierto, Janet.

—¡Es cierto! Desde hace años, desde que fuimos al pueblo de donde viene esta muchacha: Dillmouth. ¿Te atreves a decirme que no estabas enamorado de aquella rubia, la mujer de Halliday?

—¿Es que no lo olvidarás nunca? ¿Por qué siempre tienes que sacar el tema? Te imaginas cosas y...

—¡Eres tú! ¡Me rompes el corazón! ¡Te lo advierto! ¡No lo soportaré! Se acabaron las citas, y que te rías de mí a mis espaldas. No me quieres, nunca me has querido. ¡Me mataré! ¡Me lanzaré por un precipicio! ¡Ojalá estuviera muerta!

—Janet, Janet, por amor de Dios...

Gwenda oyó con toda claridad los tremendos sollozos de la mujer. Se alejó de puntillas y volvió a rodear la casa para dirigirse a la puerta principal. Tocó el timbre y apareció una criada.

—¿Hay alguien que pueda mover el coche? No puedo sacar el mío.

La criada entró en la casa y, un par de minutos más tarde, apareció un hombre que se llevó el coche al garaje. Gwenda subió al suyo para volver al hotel donde la esperaba Giles.

—Sí que has tardado. ¿Has conseguido algo?

—Sí, lo sé todo. Es bastante triste. Estaba locamente enamorado de Helen.

Gwenda le hizo un relato muy detallado de todo lo sucedido durante el encuentro.

—Creo que Mrs. Erskine está un poco loca. Por lo menos, hablaba como si hubiera perdido la chaveta. Ahora entiendo lo que él quería decir cuando mencionó los celos. Tiene que ser algo terrible. En cualquier caso, ahora sabemos que Erskine no fue el hombre que se fue con Helen, y que no sabe nada de su muerte. Estaba viva cuando él se marchó.

—Sí. Al menos, eso es lo que dice.

Gwenda lo miró indignada.

—Eso es lo que dice —repitió Giles con firmeza.

Capítulo 18

Correhuelas

Miss Marple se encontraba en la terraza, muy ocupada en arrancar las insidiosas correhuelas. Era una victoria pírrica, porque debajo de la superficie las correhuelas mantenían su dominio. Pero al menos les daba un respiro a las espuelas de caballero. Mrs. Cocker asomó la cabeza por la ventana de la sala.

—Perdón, señora, pero acaba de llegar el doctor Kennedy. Está muy interesado en saber cuánto tardarán en volver Mr. y Mrs. Reed. Le respondí que no lo sabía, pero que quizá usted podría atenderlo. ¿Quiere que le haga pasar aquí?

—Sí, por favor, Mrs. Cocker.

La mujer regresó al cabo de un par de minutos con el doctor Kennedy. Miss Marple se presentó.

—Le dije a Gwenda que me daría una vuelta por aquí y me ocuparía de arrancar las malas hierbas durante su ausencia. Creo, sabe usted, que mis jóvenes amigos se dejan torear por Foster, el jardinero. Viene un par de veces por semana, se toma no sé cuántas tazas de té, habla mucho y, por lo que veo, trabaja muy poco.

—Sí —asintió el doctor Kennedy sin hacerle mucho caso—. Todos los jardineros hacen lo mismo.

Miss Marple lo miró con atención mientras el médico se acariciaba la barbilla. Era un hombre más viejo de lo que creía por la descripción de los Reed. Había envejecido prematuramente y se le veía preocupado y triste.

—Se han marchado. ¿Sabe usted cuándo regresarán?

—No creo que tarden más de un par de días. Han ido a visitar a unos amigos en el norte. Los jóvenes son muy inquietos, siempre están de aquí para allá.

—Sí, eso es muy cierto. —Kennedy hizo una pausa para después añadir con cierta timidez—: El joven Giles Reed me escribió para pedirme unos papeles, mejor dicho unas cartas, por si las tenía en mi poder.

—¿Las cartas de su hermana? —preguntó Miss Marple al ver que Kennedy vacilaba.

—Ah, se lo han dicho —manifestó el médico, que miró a la anciana con interés—. ¿Es usted pariente de alguno de los dos?

—Solo una amiga —contestó Miss Marple—. Les aconsejo hasta donde puedo, pero la gente casi nunca hace caso de los consejos. Es una pena, pero así son las cosas.

—¿Cuál fue su consejo?

—Que no interrumpieran el sueño del crimen «dormido» —respondió Miss Marple sin vacilar.

El doctor Kennedy se sentó en un asiento rústico que no parecía muy cómodo.

—No está mal dicho. Quería mucho a Gwennie. Era una niña encantadora y creo que se ha convertido en una joven muy agradable. Sin embargo, mucho me temo que se esté buscando problemas.

—Hay muchas clases de problemas.

—¿Eh? Sí, eso también es muy cierto. —Kennedy exhaló un suspiro—. Giles Reed me escribió para pedirme las cartas enviadas por mi hermana después de su marcha y también una muestra de su caligrafía. —Miró a la anciana—. ¿Comprende lo que eso significa?

—Creo que sí.

—Le están dando vueltas a la idea de que Kelvin Halliday decía la verdad cuando afirmó que había estrangulado a mi hermana. Creen que las cartas escritas por Helen después de su marcha no las escribió ella, sino que son falsificaciones. Piensan que nunca salió con vida de esta casa.

—Ahora tampoco está usted muy seguro, ¿no es así? —preguntó Miss Marple con voz suave.

—Lo estaba en aquel momento —manifestó Kennedy con la vista perdida en el vacío—. Parecía todo muy claro. Una alucinación de Kelvin. Faltaba el cadáver, se habían llevado una maleta con sus prendas. ¿Qué otra cosa podía pensar?

—Por otro lado, su hermana se había interesado recientemente —Miss Marple carraspeó con delicadeza— por otro hombre.

El doctor Kennedy miró a su interlocutora con una expresión de profundo dolor.

—Quería a mi hermana, pero debo admitir que, con Helen, siempre había un hombre de por medio. Hay mujeres que son así, no pueden evitarlo.

—A usted le pareció todo muy claro en su momento, pero ahora ya no está tan convencido. ¿Por qué?

—Porque me parece increíble que, si Helen está viva, no se haya comunicado conmigo en todos estos años

—respondió el médico con toda sinceridad—. Por otro lado, si ha muerto, es muy extraño que no me lo hayan notificado. —Sacó un paquete del bolsillo mientras se levantaba—. Esto es todo lo que tengo. No he encontrado la primera carta; supongo que la rompí o se extravió, pero sí que tengo la segunda, donde daba como dirección la lista de correos. Para comparar la letra, he traído la única cosa que he hallado escrita por Helen. Es una lista de bulbos, una copia de algún pedido. La escritura de la carta y la de la lista se parecen, pero no soy un experto. Se las dejo para que se las dé a Giles y Gwenda. No creo que valga la pena enviárselas.

—Oh, no. Creo que regresan mañana o pasado como muy tarde.

El doctor asintió, contemplando la terraza con una expresión ausente.

—¿Sabe usted lo que me preocupa? —preguntó de una manera tan inesperada que Miss Marple se sobresaltó—. Si Kelvin Halliday asesinó a su esposa, tuvo que esconder el cadáver o deshacerse del cuerpo de alguna manera, y eso significa, no sé qué otra cosa puede significar, que la historia que me contó fue una patraña muy bien urdida. Si es falsa, tuvo que preparar una maleta con las prendas de Helen para simular que se había marchado, e incluso que escribió las cartas para que las remitieran desde el extranjero. Significa que fue un asesinato premeditado. La pequeña Gwennie era una niña encantadora. Ya es bastante malo creer que su padre era un perturbado, pero es muchísimo peor un padre asesino.

Se volvió hacia la puerta acristalada. Miss Marple impidió que se marchara con una pregunta.

—¿De qué tenía miedo su hermana, doctor Kennedy?

—¿Miedo? —El hombre la miró—. No temía a nadie, que yo sepa.

—Solo me lo preguntaba. Le pido disculpas por mis preguntas indiscretas, pero en toda esta historia hubo un joven, me refiero muy al principio, alguien llamado Afflick.

—Sí. Una de esas historias ridículas por las que pasan la mayoría de las jóvenes. Un indeseable que, por supuesto, no era de su clase. Después se metió en no sé qué líos turbios.

—Me preguntaba si él no le guardaría rencor.

El doctor Kennedy sonrió con escepticismo.

—No creo que fuera para tanto. En cualquier caso, se metió en un lío bastante grave y se marchó de aquí.

—¿Cuál fue el problema?

—Nada delictivo. Solo indiscreciones. Habló demasiado de los asuntos de su jefe.

—¿Trabajaba para Walter Fane?

El hombre la miró sorprendido.

—Sí, sí. Ahora que lo dice, recuerdo que trabajaba en la firma de Fane y Watchman. No era un licenciado, sino un vulgar administrativo.

«¿Un vulgar administrativo?», se dijo Miss Marple cuando el médico se marchó, y ella continuó arrancando las correhuelas.

Capítulo 19

La opinión de Mr. Kimble

—No lo sé. No estoy segura —dijo Mrs. Kimble.

Su marido, incitado a la protesta oral por lo que consideraba un verdadero ultraje, hizo sentir su voz al tiempo que apartaba la taza con desprecio.

—¿En qué estás pensando, Lily? ¡No tiene azúcar!

Mrs. Kimble se apresuró a corregir el sacrilegio y, después, siguió con su tema.

—Estoy pensando en este anuncio. Aquí dice «Lily Abbot» con todas las letras, y también «que trabajó como doncella en St. Catherine's, Dillmouth». Esa soy yo, sí, señor.

—Ah —asintió Mr. Kimble.

—Después de todos estos años, estarás de acuerdo en que resulta extraño, Jim.

—Ah.

—¿Qué crees que debo hacer, Jim?

—Dejarlo correr.

—¿Crees que hay algún dinerillo que podemos ganar?

Se oyó un sorbo mientras Mr. Kimble se bebía el té a fin de prepararse para el esfuerzo mental de hilvanar varias frases seguidas. Dejó la taza sobre la mesa, pidió que se la volvieran a llenar con un lacónico «más» y después inició su discurso.

—Durante algún tiempo no hiciste otra cosa que hablar de lo ocurrido en St. Catherine's. No te hice mucho caso. Me di cuenta de que eran tonterías, charlatanerías de mujeres. Quizá no lo eran. Quizá sí que ocurrió algo. En ese caso, es asunto de la policía y no querrás que te líen. Aquello está muerto y enterrado. Más te vale no meterte, chica.

—Todo eso está muy bien. Pero quizá hay un dinero para mí como cuando te toca una herencia. Tal vez Mrs. Halliday vivió todos estos años y, ahora que está muerta, me ha dejado algo en su testamento.

—¿Dejarte algo en su testamento? ¿Por qué? ¡Uh! —exclamó Mr. Kimble, que utilizó su monosílabo preferido para manifestar su desprecio.

—Incluso si es la policía... Tú sabes, Jim, que siempre ofrecen una buena recompensa a cualquiera que dé información que ayude a detener a un asesino.

—¿Y tú qué puedes decirles? ¡Todo lo que sabes te lo has inventado!

—Eso es lo que tú dices. Pero he estado pensando...

—¡Uh! —Esta vez Mr. Kimble expresó su disgusto ante la osadía.

—Sí que lo he hecho. Desde que leí la primera noticia en el periódico. Quizá entendí las cosas un pelín mal. La Léonie aquella era un poco estúpida, como todas las extranjeras, yo nunca la entendía cuando hablaba, y su inglés era horrendo. Si no quiso decir lo que creí que había dicho... He intentado recordar el nombre de aquel hombre. Si lo vio... ¿Recuerdas aquella foto de la que te hablé? El amante secreto. Algo muy excitante. Lo descubrieron por el coche. Le había pagado cincuenta dólares al empleado de la gasolinera para que se olvidara de que le había llenado el tanque aquella noche. No sé cuánto es en libras... También estaba aquel otro y el marido loco de celos. Todos estaban locos por ella. Al final...

Mr. Kimble apartó la silla y las patas chirriaron contra el suelo. Se levantó investido de una imponente autoridad. Antes de abandonar la cocina, dictó su sentencia, la sentencia de un hombre poco hablador, pero dotado de cierta sensatez.

—No te metas en líos, chica, o acabarás lamentándolo.

Fue al lavadero, se puso las botas (Lily no quería que le estropeara el suelo de la cocina) y se marchó.

Lily permaneció sentada, dándole vueltas al asunto en su pequeño cerebro. Por supuesto no podía ir en contra de lo que había dicho su marido, pero así y todo... Jim era tan terco, tan atrasado... Lamentó no tener a nadie más a quien poder consultar, alguien que lo supiera todo sobre las recompensas, la policía y lo que podía significar todo aquello. Era una lástima desperdiciar la oportunidad de hacerse con algún dinero.

Una radio nueva, una permanente, aquel abrigo color cereza de Russell's (siempre tan elegante), tal vez incluso un tresillo nuevo para la sala.

Codiciosa, sin ver más allá de sus narices, continuó soñando. ¿Qué le había dicho Léonie? Entonces se le ocurrió una idea. Se levantó para ir a buscar el tintero, una pluma y un bloc de papel de cartas.

«Ya sé lo que haré —se dijo—. Le escribiré al doctor, al hermano de Mrs. Halliday. Él me dirá lo que debo hacer, siempre y cuando todavía esté vivo. De todas maneras, aún tengo el cargo de conciencia por no haberle hablado de Léonie o del coche.»

Durante unos minutos no se oyó otro ruido en la cocina que el roce de la pluma. Lily solo escribía alguna carta muy de vez en cuando y la redacción se le hacía un trabajo muy arduo.

Pero consiguió acabarla, la metió en el sobre y lo cerró.

Sin embargo, no se sentía todo lo satisfecha que había esperado. Estaba casi segura de que el doctor había muerto o se había marchado de Dillmouth.

¿Había alguien más?

¿Cómo se llamaba aquel otro hombre?

Si pudiera recordarlo...

Capítulo 20

La joven Helen

A la mañana siguiente de su regreso de Northumberland, Giles y Gwenda acababan de desayunar cuando anunciaron la visita de Miss Marple.

—Mucho me temo que sea una hora intempestiva para una visita —se disculpó la anciana—, y no es algo que haga habitualmente, pero hay una cosa que quiero explicarles.

—Estamos encantados de verla —la tranquilizó Giles, ofreciéndole una silla—. ¿Un café?

—No, no, muchas gracias, no quiero nada. He desayunado muy bien. Déjeme que se lo explique. Vine mientras ustedes estaban fuera, como me dijeron que podía hacerlo, para arrancar unos cuantos hierbajos...

—Es usted un ángel —comentó Gwenda.

—... y me pareció que no es suficiente para este jardín con un jardinero dos días por semana. En cualquier caso, creo que Foster se está aprovechando de ustedes. Demasiado té y demasiada charla. Me dijo que tiene ocupado todo el resto de la semana, así que me tomé la libertad de contratar a otro jardinero solo por un día a la semana. Los miércoles, y hoy es miércoles.

Giles la miró un tanto sorprendido. Quizá lo había hecho con la mejor de las intenciones, pero la acción de Miss Marple parecía una intromisión en asuntos que no le concernían, y la anciana no era de los que se meten donde no los llaman.

—Sé que Foster ya no tiene edad para el trabajo duro —manifestó Giles con voz pausada.

—Mucho me temo, Mr. Reed, que Manning es más viejo que Foster. Me ha dicho que tiene setenta y cinco años. Pero verá, me pareció que sería ventajoso contratarlo, porque hace muchos años fue el jardinero del doctor Kennedy. Por cierto, el joven que mantuvo aquella primera relación con Helen se llamaba Afflick.

—Miss Marple, la he juzgado mal —afirmó Giles—. Es usted un genio. ¿Sabe que el doctor Kennedy nos trajo las muestras de la caligrafía de Helen?

—Lo sé. Estaba aquí cuando vino.

—Hoy se las enviaré a un perito calígrafo para que las examine.

—Vayamos al jardín para conocer a Manning —dijo Gwenda.

Manning era un viejo encorvado, de aspecto huraño y mirada astuta. Comenzó a rastrillar con una energía inusitada en cuanto vio que se acercaban los dueños de la casa.

—Buenos días, señor. Buenos días, señora. La señora dijo que a ustedes les vendría bien tener a un segundo jardinero que viniera los miércoles. Encantado de trabajar para ustedes. Es una vergüenza tener este jardín tan abandonado.

—Mucho me temo que nadie se ha ocupado de él desde hace años.

—Era un jardín precioso cuando Mrs. Findeyson era la dueña de esta casa. Bonito como un cuadro. Estaba muy orgullosa de su jardín.

Giles se sentó en el rodillo. Gwenda cortó unas cuantas rosas. Miss Marple se apartó un poco para dedicarse a su entretenimiento favorito: arrancar hierbajos. El viejo Manning se apoyó en el mango del rastrillo. Todo estaba preparado para una plácida charla matutina sobre los viejos tiempos y la jardinería en aquellos años.

—Supongo que conoce usted la mayoría de los jardines de los alrededores —lo animó Giles.

—Sí, conozco este lugar bastante bien y los caprichos que tenía la gente. Mrs. Yule, en Niagra, tenía un seto de tejo recortado con forma de ardilla. Siempre me pareció algo ridículo. Los pavos reales son una cosa y las ardillas otra. Después estaba el coronel Lampard, que era un entusiasta de las begonias y tenía unos parterres magníficos llenos de este tipo de flores. Ahora todo el mundo las arranca porque no están de moda. No se imaginan ustedes la cantidad de begonias que he tenido que arrancar en los últimos seis años para después plantar césped. Por lo visto, ya nadie quiere tener geranios y lobelias.

—Usted trabajó para el doctor Kennedy, ¿no es así?

—Sí. Eso fue hace mucho tiempo, a partir de 1920 y hasta que dejó la consulta en Crosby Lodge. El joven doctor Brent es quien la lleva ahora. Tiene unas ideas muy curiosas. Para lo que sea, te receta unas pastillas blancas. Vita-no-sé-cuántos.

—Supongo que recordará usted a miss Helen Kennedy, la hermana del doctor.

—Sí que recuerdo a miss Helen. Era una muchacha preciosa, con el pelo rubio muy largo. El doctor la quería mucho. Miss Helen vino a vivir a esta misma casa cuando se casó. Su marido era un militar de la India.

—Sí, lo sabemos —dijo Gwenda.

—El sábado por la noche alguien me dijo que usted y su marido eran parientes. Cuando acabó la escuela, miss Helen era tan bonita como un cuadro, y también muy alegre. Quería ir a todas partes: a los bailes, a jugar al tenis y todo eso. Tuve que pintar las rayas de la pista, que no se usaba desde hacía veinte años, y arrancar los hierbajos. Al final, tanto trabajo fue para nada, porque apenas si se utilizó. Aquello siempre me pareció muy curioso.

—¿Qué le pareció muy curioso? —preguntó Giles.

—Lo que pasó con la pista de tenis. Una noche, alguien se entretuvo en destrozar la red y hacer un montón de surcos en el suelo. Aquello fue un acto malvado. Destrozarlo todo fue una cosa malvada.

—¿Quién pudo hacer algo así?

—Eso mismo preguntó el doctor. Estaba furioso y no lo culpo. ¡Con el dinero que llegó a costar! Pero nadie pudo decirle nada, porque nadie lo sabía. Dijo que no la repararía porque no tenía sentido poner una red nueva para que volvieran a destrozarla. Miss Helen estaba tristísima. La pobre no tenía suerte. Primero la red y después lo del pie.

—¿El pie? —exclamó Gwenda.

—Sí, tropezó con un azadón o algo así. Solo se hizo una herida superficial, pero no cicatrizaba. El doctor estaba muy preocupado. Le hacía las curas, pero no había manera de que la herida se cerrara. Recuerdo que decía:

«No lo entiendo. Seguro que había algún resto contaminado o algo así en el azadón. Además, ¿qué hacía esa herramienta en el camino de entrada?». Porque fue allí donde miss Helen se tropezó con ella cuando regresaba en plena oscuridad. La pobre se perdió no sé cuántas fiestas, sin poder hacer otra cosa que quedarse en casa sentada con el pie en alto. Tuvo muy mala suerte.

Giles consideró que había llegado el momento de ir al grano.

—¿Recuerda usted a alguien llamado Afflick?

—¿Se refiere a Jackie Afflick? ¿El administrativo de Fane y Watchman?

—Sí. ¿No era amigo de miss Helen?

—Aquello solo fue una tontería. El doctor cortó por lo sano y muy bien que hizo. Jackie Afflick no tenía la menor clase, y era de esos tipos que se creen tan listos que siempre acaban mal. Pero no estuvo aquí mucho tiempo. Se metió en líos y tuvo que salir por piernas. En Dillmouth no nos gustan esos tipos. Que se vayan a hacerse los listos a otra parte.

—¿Estaba aquí cuando destrozaron la red? —preguntó Gwenda.

—Ah, ya veo lo que está pensando. Pero él nunca hubiera hecho algo así. Jackie Afflick era demasiado listo. Aquello fue un acto de maldad.

—¿Había alguien con un buen motivo para vengarse de miss Helen? ¿Que le guardara rencor?

El viejo Manning se rio suavemente.

—Supongo que algunas de las otras chicas quizá le tenían envidia, porque miss Helen era la más bonita de todas. Pero aquello fue pura maldad. Alguien quiso gastarle una gamberrada.

—¿Helen se molestó mucho por lo de Jackie Afflick? —quiso saber Gwenda.

—No creo que a miss Helen le importasen mucho ninguno de aquellos jóvenes. Le gustaba divertirse, nada más. Había unos cuantos que estaban muy enamorados de ella. El joven Walter Fane era uno. La seguía a todas partes como un perro.

—Pero ¿ella no lo quería?

—No. Miss Helen se reía de él. Fane se marchó al extranjero, pero regresó al cabo de un tiempo. Ahora es el socio principal de la firma. Nunca se casó y no lo culpo. Las mujeres causan muchos problemas en la vida de un hombre.

—¿Usted está casado?

—Enterré a dos. Bueno, no me quejo. Ahora puedo fumar mi pipa en paz donde me plazca.

Nadie respondió al comentario y el viejo empuñó el rastrillo.

Giles y Gwenda emprendieron el camino de regreso a casa. Miss Marple desistió de su campaña contra las malas hierbas y se unió a los jóvenes.

—Miss Marple, no tiene buena cara —señaló Gwenda—. ¿Le pasa algo?

—Nada, querida. —La anciana hizo una pausa antes de añadir con una extraña insistencia—: No me gustó nada esa historia de la red, que la destrozaran. Incluso entonces...

Volvió a interrumpirse. Giles la miró intrigado.

—No acabo de comprender... —comenzó a decir.

—¿No lo comprende? Para mí está muy claro y me parece horrible. Quizá sea mejor que no lo entienda y, además, podría estar equivocada. Por favor, díganme cómo les fue por Northumberland.

La pareja hizo un relato muy detallado que Miss Marple escuchó atentamente.

—Todo fue muy triste —afirmó Gwenda—. Trágico.

—Sí, desde luego. Pobre.

—Es lo mismo que sentí yo. Todo el sufrimiento de aquel pobre hombre...

—¿Él? Oh, sí, por supuesto.

—Pero ¿usted se refiere...?

—Sí. Pensaba en ella, en la esposa. Es probable que ella estuviera muy enamorada, y él se casó porque la consideró adecuada, porque le tenía lástima, o por cualquiera de esas razones muy bondadosas y sensatas que tienen los hombres, y que en realidad son muy injustas.

—«Conozco mil maneras de amar y todas hacen sufrir al ser amado» —citó Giles en voz baja.

Miss Marple miró al joven.

—Sí, eso es muy cierto. Los celos no suelen ser un asunto razonable. Son algo mucho más fundamental. Se basan en el convencimiento de que el amor no es correspondido. Así que uno espera, vigila, siempre expectante, a que el ser amado busque a otra persona, algo que siempre ocurre. Por eso Mrs. Erskine ha convertido la vida de su esposo en un infierno, y él, sin poder evitarlo, le paga con la misma moneda. Sin embargo, creo que ella se ha llevado la peor parte. En cualquier caso, me atrevería a decir que él la quiere.

—No puede ser —exclamó Gwenda.

—Querida, es usted muy joven. El comandante nunca ha dejado a su esposa y eso significa algo.

—Por los niños y porque era su deber.

—Quizá por los niños —admitió Miss Marple—. Pero debo confesar que los caballeros no parecen tomar muy en cuenta el deber en lo que se refiere a las esposas. Distinto sería si me hablara del servicio público.

—Es usted una cínica encantadora, Miss Marple —manifestó Giles, riéndose.

—Mr. Reed, espero no serlo. Siempre he confiado en la naturaleza humana.

—Sigo sin creerme que pudiera ser Walter Fane —comentó Gwenda pensativamente—, y estoy segura de que no fue el comandante Erskine. De hecho, sé que no lo fue.

—No siempre podemos guiarnos por los sentimientos —replicó la anciana—. Hay personas que parecen santas y que hacen las cosas más increíbles. Recuerdo que en mi pueblo hubo un gran escándalo cuando el tesorero de la asociación parroquial se jugó todos los fondos en las carreras de caballos. Era un hombre que no se cansaba nunca de criticar las carreras y el juego en general. Su padre había tenido una agencia de apuestas y había tratado muy mal a su madre, o sea que, desde un punto de vista intelectual, el tesorero era muy justito. Pero dio la casualidad de que un día pasó cerca del hipódromo de Newmarket y vio a unos caballos que entrenaban en la pista. Entonces, se sintió dominado por un impulso irrefrenable. La sangre tira.

—Los antecedentes de Walter Fane y Richard Erskine parecen estar por encima de toda sospecha —señaló Giles con voz grave, aunque en su rostro había una expresión un tanto divertida—. Pero un asesinato no es cuestión de aficionados.

—Lo importante es que ellos estaban en el lugar —opinó Miss Marple—. Walter Fane se encontraba en Dillmouth. El comandante Erskine manifestó que había estado con Helen Halliday poco antes de su muerte y que aquella noche tardó en regresar a su hotel.

—Pero no tuvo ningún inconveniente en reconocerlo. Erskine...

Se interrumpió al ver la mirada de Miss Marple.

—Solo quiero resaltar la importancia de que estuvieran en la escena del crimen. —Contempló a la pareja—. No creo que les resulte difícil encontrar la dirección de J. J. Afflick. Es el propietario de una empresa de autocares de turismos.

—Yo me encargaré de buscarla —dijo Giles—. Aparecerá en la guía telefónica. ¿Cree usted que debemos hacerle una visita?

—Si lo hacen, deberán tener mucho cuidado —respondió Miss Marple después de reflexionar unos momentos—. Recuerden lo que acaba de decir el jardinero. Jackie Afflick es muy listo. Por favor, tengan mucho cuidado.

Capítulo 21

J. J. Afflick

1

J. J. Afflick, Daffodil Coaches, Devon & Dorset Tours, etcétera, tenía dos teléfonos. Uno correspondiente a sus oficinas en Exeter y el otro a un domicilio en las afueras de aquella ciudad.

Giles arregló una cita para la mañana siguiente.

Ya estaban en el coche a punto de marcharse cuando Mrs. Cocker salió corriendo de la casa. Giles apagó el motor.

—El doctor Kennedy al teléfono, señor.

Giles salió del coche y fue a atender la llamada.

—Buenos días, doctor.

—Buenos días. Acabo de recibir una carta que me ha llamado la atención. De una tal Lily Kimble. Me he estado devanando los sesos para recordar quién podía ser. Al principio pensé que se trataba de una paciente, pero me parece que es alguien que trabajó en esta casa. Una doncella o algo así. Creo que se llamaba Lily. Pero no recuerdo el apellido.

—Había una Lily. Gwenda la recuerda. Le puso un lazo al gato.

—Por lo visto Gwennie tiene una memoria extraordinaria.

—La tiene.

—Me gustaría tener unas palabras con ustedes, pero prefiero no hacerlo por teléfono. ¿Estarán ustedes en casa si voy a verlos?

—Nos vamos a Exeter. Podemos pasar por la suya si no tiene inconveniente. Nos queda de camino.

—Bien. Eso sería perfecto.

—No son cosas que se puedan discutir por teléfono —repitió el doctor Kennedy cuando los jóvenes llegaron a su casa—. Estoy convencido de que las operadoras escuchan las conversaciones. Aquí tienen la carta de esa mujer.

Dejó la carta sobre la mesa. Estaba escrita en una hoja de papel barato y tanto la letra como la ortografía dejaban mucho que desear. La carta de Lily Kimble decía lo siguiente:

Distinguido señor:

Le estaría muy agradesida si pudiera aconsejarme del anunsio que recorté del periódico. E estado pensando i lo hablé con el señor Kimble, pero no sé qué es lo mejor de aser. ¿Cree usté que puede aber un dinero o una recompensa?, porque a mí el dinero no me vendría mal pero no quiero ir a la policía ni nada por el estilo, muchas veces e pensado en la noche que se fue Mrs. Halliday i no creo señor que lo iciera porque las ropas estavan mal. Primero pensé que el señor la abía matado pero ahora no estoy tan segura por el coche que vi por la ventana. Un cochazo era i lo abía visto antes pero no quiero aser nada sin preguntarle a usté antes si está bien o si es cosa de la policía porque nunca e tenido nada que ver con la policía i a el señor Kimble no le gustará. Puedo ir a verlo señor si usté quiere el jueves que viene porque es día de mercado i el señor Kimble no estará en casa.

Muy agradesida lo saludo respetuosamente,

Lily Kimble

—La envió a la vieja dirección en Dillmouth y el correo la reexpidió. El recorte es del anuncio que pusieron ustedes.

—Es genial —dijo Gwenda—. ¡Lily no cree que lo hiciera mi padre!

Su júbilo era evidente. El doctor Kennedy la miró con una expresión bondadosa.

—Me alegro por usted, Gwennie —dijo con amabilidad—. Espero que tenga razón. Les diré lo que creo más conveniente. Responderé a Mrs. Kimble y le diré que venga aquí el jueves. Hay combinación de tren. Si hace transbordo en la estación de Dillmouth, puede estar aquí alrededor de las cuatro y media de la tarde. Si ustedes dos pueden venir aquí el jueves, tendrán ocasión de hablar con ella y ahorraremos tiempo.

—Espléndido —afirmó Giles. Miró la hora—. Venga, Gwenda, tenemos que darnos prisa. Tenemos una cita —le explicó a Kennedy—. Con Mr. Afflick, de Daffodil Coaches, y, según nos ha dicho, es un hombre muy ocupado.

—¿Afflick? —Kennedy frunció el entrecejo—. ¡Por supuesto! Excursiones por Devon con Daffodil Coaches. Unos autocares que parecen unos monstruos horribles pintados de amarillo chillón. Pero el nombre me suena de alguna otra parte.

—Helen —dijo Gwenda.

—¡Dios mío! ¿Aquel tipo?

—Sí.

—Pero si era un miserable sinvergüenza. ¿Así que ha prosperado?

—¿Puede responderme a una pregunta, doctor? —dijo Giles—. Usted cortó la relación o la amistad que había entre él y Helen. ¿Lo hizo sencillamente por su posición social?

El doctor Kennedy lo miró con una expresión severa.

—Soy una persona chapada a la antigua, joven. En la actualidad, se acepta que todos los hombres son iguales, y eso es algo que se sustenta en el aspecto moral. Pero creo en el hecho de que uno nace en una clase y es feliz si se queda en ella. Además, siempre sostuve que ese tipo era una mala persona, y lo demostró.

—¿Qué hizo?

—Ya no lo recuerdo. Me parece que intentó ganarse un dinero fácil gracias a una información obtenida en la firma de Fane. Un asunto confidencial de uno de los clientes.

—¿Sabe si le afectó que le despidieran?

—Sí —respondió el doctor Kennedy, que miró a Giles con mucha atención.

—¿No hubo ningún otro motivo para que usted se opusiera a la amistad con su hermana? ¿No observó nada extraño en su comportamiento?

—Bueno, ya que ha sacado el tema, le responderé con toda sinceridad. A mí me pareció, sobre todo después de que lo despidieran, que Jackie Afflick tenía todos los síntomas de un temperamento desequilibrado. Para ser más exactos, de una manía persecutoria incipiente. Pero eso no parece haber afectado en nada a sus logros empresariales.

—¿Quién lo despidió? ¿Walter Fane?

—No sé si Walter Fane tuvo algo que ver. Lo despidió la firma.

—¿Se quejó de que había sido un despido injusto?

Kennedy asintió.

—Comprendo. Bien, tendremos que ir a toda velocidad si queremos llegar a tiempo. Hasta el jueves.

2

La casa era una construcción moderna, con el frente curvo y grandes ventanales. Los hicieron pasar a un vestíbulo muy lujoso y luego a un despacho donde destacaba un enorme escritorio de metal cromado.

—La verdad es que no sé qué hubiéramos hecho sin Miss Marple —le comentó Gwenda a Giles en voz baja y un tanto nerviosa—. Tenemos que valernos de ella a cada paso. Primero, con sus amigos en Northumberland y, ahora, con la esposa del vicario, que dirige la excursión anual de los niños exploradores.

Giles levantó una mano para hacerla callar al ver que se abría la puerta y J. J. Afflick entraba en el despacho.

Era un hombre fornido, de mediana edad, vestido con un traje de cuadros. Tenía los ojos oscuros, el rostro rubicundo y una expresión bonachona. Su imagen se correspondía exactamente a la de un apostador profesional.

—¿Mr. Reed? Buenos días. Encantado de conocerlo.

Giles le presentó a Gwenda, y Afflick le estrechó la mano con un entusiasmo excesivo.

—¿Qué puedo hacer por usted, Mr. Reed?

Afflick se sentó en su sillón detrás del impresionante escritorio, cogió una cigarrera de ónice y le ofreció cigarrillos.

Giles le habló de la excursión anual de los niños exploradores que organizaban unos amigos suyos. Querían hacer una excursión de dos días por Devon.

Afflick respondió en el acto y recitó a su posible cliente una larga lista de precios, recorridos, alojamientos y lugares de interés. Sin embargo, se le veía intrigado.

—Bueno, ya tiene usted toda la información que necesita —afirmó Afflick—. Le confirmaré por carta las ofertas. Por cierto, mi secretaria me ha dicho que también habían pedido una cita privada en mi domicilio particular.

—Así es, Mr. Afflick. En realidad, queríamos verlo por dos motivos. Ya nos hemos ocupado de uno. El otro es estrictamente privado. Mi esposa tiene muchísimo interés en ponerse en contacto con su madrastra, a la que no ve desde hace muchos años, y nos preguntábamos si usted podría ayudarnos.

—Si usted me dice el nombre de la señora... ¿Se supone que la conozco?

—Usted la conoció hace algún tiempo. Se llama Helen Halliday y su apellido de soltera era Kennedy.

Afflick se echó hacia atrás en el sillón y entornó los párpados mientras hacía memoria.

—Helen Halliday. No la recuerdo. Helen Kennedy.

—Vivía en Dillmouth —indicó Gwenda.

—¡Ya lo tengo! —exclamó Afflick—. Por supuesto.

—Su rostro rubicundo se iluminó con una expresión de placer—. ¡La pequeña Helen Kennedy! Sí, la recuerdo. Pero de eso hace mucho tiempo. Unos veinte años.

—Dieciocho.

—¿Sí? Vaya, cómo pasa el tiempo. Mucho me temo que se llevará una desilusión, Mrs. Reed. No he visto a Helen ni he sabido nada de ella desde entonces.

—Sí que es una desilusión —admitió Gwenda—. Confiábamos en que usted podría ayudarnos.

—¿Cuál es el problema? —Miró a los jóvenes—. ¿Una pelea? ¿Se marchó de casa? ¿Un asunto de dinero?

—Un día, hace dieciocho años, se marchó de Dillmouth sin decir palabra. Se fue con alguien.

—No me diga que había pensado que se marchó conmigo —comentó Afflick con un tono risueño—. ¿Cómo se le ha ocurrido semejante idea?

—Porque, según nos han dicho, usted y ella salían juntos —respondió Gwenda.

—¿Helen y yo? Pero si aquello no fue nada. Ninguno de los dos se lo tomó en serio. Salíamos juntos y nada más. Tampoco se nos animó para que fuera de otra manera —añadió en un tono seco.

—Sin duda nos considera usted unos impertinentes —comenzó a decir Gwenda, pero Afflick la interrumpió.

—No se preocupe. No me molesta. Usted quiere encontrar a una persona y cree que puedo ayudarla. Pregunte lo que quiera, no tengo nada que ocultar. —Miró a Gwenda con una expresión pensativa—. ¿Así que usted es la hija de Halliday?

—Sí. ¿Conoció usted a mi padre?

Afflick negó con la cabeza.

—Un día pasé por su casa para ver a Helen cuando

fui a Dillmouth por un asunto de negocios. Me habían dicho que estaba casada y que vivía en la ciudad. Fue muy cortés, pero no me invitó a cenar. No, no conocí a su padre.

Gwenda se preguntó si no había una cierta nota de rencor en aquel «no me invitó a cenar».

—¿Recuerda usted si parecía feliz?

Afflick se encogió de hombros.

—Parecía feliz. Claro que ha pasado mucho tiempo. En cualquier caso, creo que lo recordaría si hubiese sido lo contrario. —Hizo una pausa y después preguntó con lo que parecía una curiosidad muy natural—. ¿Quiere usted decir que no han vuelto a saber nada de ella desde hace dieciocho años?

—Nada.

—¿Ni siquiera una carta?

—Se recibieron dos cartas —le informó Giles—, pero tenemos razones para creer que ella no las escribió.

—¿Creen que no las escribió? —Una vez más, pareció que Afflick lo encontraba divertido—. Parece como una película de misterio.

—También nos lo parece a nosotros.

—¿Qué me dicen de su hermano, el médico? ¿Él no sabe dónde está?

—No.

—Vaya, un misterio en toda regla. ¿Por qué no ponen un anuncio?

—Lo hemos hecho.

—Da toda la impresión de que esté muerta —comentó el empresario—. Quizá no les informaron de ello.

Gwenda se estremeció.

—¿Tiene frío, Mrs. Reed?

—No. Pensaba en Helen muerta. No me agrada pensar que esté muerta.

—Tiene toda la razón. A mí tampoco me agrada. Era una muchacha preciosa.

—Usted la conoció —dijo Gwenda impulsivamente—. La conoció bien. Yo solo guardo un recuerdo infantil. ¿Cómo era? ¿Qué opinaba la gente? ¿Usted qué sintió por ella?

Afflick la contempló unos segundos.

—Seré sincero con usted, Mrs. Reed. Es usted libre de creerlo o no. Me daba lástima.

—¿Lástima? —Gwenda lo miró intrigada.

—Eso es. Allí estaba ella, recién llegada de la escuela, con unas ansias locas de divertirse como cualquier otra chica de su edad, pero con un hermano mucho mayor y chapado a la antigua, con sus ideas sobre lo que podía o no podía hacer una chica. Salí con ella, fuimos a bailar y cosas por el estilo. Me gustaba y yo le caía bien, pero no había nada más entre nosotros. Helen quería divertirse. Entonces, el hermano se enteró de nuestras salidas y las cortó por lo sano. La verdad es que no lo culpo. Ella estaba por encima de mis posibilidades. No estábamos comprometidos. No pensaba casarme hasta al cabo de unos años y quería encontrar una esposa que pudiera ayudarme a prosperar. Helen no tenía dinero propio y nunca hubiéramos hecho buena pareja. Solo éramos buenos amigos con algo de romance de por medio.

—Pero sin duda se enfadaría usted con el doctor —señaló Gwenda.

—Admito que me enfadé, y mucho. A nadie le gusta que le digan que no vale gran cosa, pero tampoco sirve de mucho ser demasiado susceptible.

—Después perdió el empleo, ¿no? —intervino Giles.

Esta vez, la expresión bonachona en el rostro de Afflick desapareció.

—Me despidieron sin contemplaciones. Me echaron de Fane y Watchman, y siempre he creído saber quién fue el responsable.

—¿Sí? —dijo Giles en un tono interrogativo, pero Afflick negó con la cabeza.

—No se lo puedo decir. ¡Fue una encerrona, y creo saber quién fue el responsable y por qué lo hizo! —Se le subieron los colores—. Aquello fue una sucia jugarreta. Espiar a un hombre, tenderle trampas, acusarlo falsamente. He tenido enemigos, pero nunca han conseguido derrotarme. Les he devuelto golpe por golpe y nunca olvido.

Se interrumpió y, en una fracción de segundo, volvió a ser la persona jovial de antes.

—Ya lo ve, no le puedo ayudar. Lo mío con Helen fue una relación superficial, solo queríamos divertirnos un poco.

Gwenda lo miró con atención. Parecía una historia muy clara, pero ¿era cierta? Había algo que no cuadraba y no tardó en darse cuenta de qué era.

—En cualquier caso, usted fue a verla cuando estuvo en Dillmouth.

Afflick se echó a reír.

—Ahora sí que me ha pillado, Mrs. Reed. Sí, lo hice. Quizá lo hice porque quería enseñarle que no estaba acabado solo porque un abogaducho me había echado de su despacho, que tenía mi empresa, un coche de lujo y que las cosas me iban de maravilla.

—Usted fue a verla más de una vez, ¿no es así?

—Dos o quizá tres veces. Solo fueron visitas de cortesía. —Miró a la pareja y añadió con tono firme—: Lo siento, pero no puedo ayudarlos.

—Le pedimos disculpas por robarle tanto tiempo —se excusó Giles.

—No se preocupe. Siempre es agradable recordar viejos tiempos.

Se abrió la puerta y entró una mujer.

—Oh, lo siento —se disculpó en el acto—. No sabía que tenías visita.

—Pasa, querida, pasa. Les presento a mi esposa. Estos son Mr. y Mrs. Reed.

Mrs. Afflick les dio la mano. Era una mujer alta, delgada y de aspecto triste. Vestía con mucha elegancia.

—Estamos hablando de los viejos tiempos —mencionó Afflick—. Mucho antes de que te conociera, Dorothy. —Miró a sus visitantes—. Conocí a mi esposa en un crucero. No es de por aquí. Es prima de lord Polterham. —Lo dijo con orgullo y la mujer se ruborizó.

—Los cruceros siempre son muy agradables —señaló Giles.

—Muy educativos —replicó Afflick—. Claro que no soy una persona de mucha cultura.

—Siempre le digo a mi marido que algún día debemos hacer un crucero por las islas griegas —manifestó Mrs. Afflick.

—No tengo tiempo. Soy un hombre muy ocupado.

—Eso me recuerda que no debemos entretenerlo más —dijo Giles—. Adiós y muchas gracias. Por favor, no se olvide de enviarme el presupuesto de la excursión.

Afflick los acompañó hasta la puerta. Gwenda miró fugazmente por encima del hombro. Mrs. Afflick se encontraba en la puerta del despacho y observaba a su esposo con una expresión de miedo.

Giles y Gwenda se despidieron otra vez y fueron hacia el coche.

—Vaya, me he dejado el pañuelo —exclamó Gwenda.

—Siempre te dejas algo —protestó Giles.

—No es para tanto. Voy a buscarlo.

Corrió de regreso a la casa. Vio que la puerta del despacho seguía abierta y oyó a Afflick que decía:

—¿Cómo se te ocurre entrar en mi despacho? No tienes ni pizca de sentido común.

—Lo siento, Jackie. No sabía que estabas ocupado. ¿Quiénes son esas personas y por qué estás enfadado?

—No estoy enfadado. Lo... —se interrumpió al ver a Gwenda.

—Perdón, Mr. Afflick, creo que me he dejado el pañuelo.

—¿El pañuelo? No, Mrs. Reed. Aquí no está.

—Vaya. Entonces me lo habré dejado en el coche.

Gwenda salió de la casa. Giles había dado la vuelta con el automóvil y la esperaba detrás de una brillante limusina amarilla con la parrilla del radiador, los parachoques y las llantas cromadas.

—Vaya coche —exclamó Giles.

—«Un cochazo» —dijo Gwenda—. ¿Recuerdas lo que nos contó Edith Pagett cuando repitió lo que había dicho Lily? Lily creía que el amante de Helen era el comandante Erskine, y descartó que fuera «el hombre misterioso del cochazo». ¿No lo ves? El hombre del cochazo era Jackie Afflick.

—Sí, y en la carta que le envió al doctor Kennedy, Lily mencionó «un cochazo».

La pareja intercambió una mirada.

—Estuvo allí, «aquella noche estuvo en el lugar», como diría Miss Marple. Oh, Giles, no veo la hora de que llegue el jueves para oír lo que nos cuente Lily Kimble.

—¿Qué haremos si se arrepiente y no se presenta?

—Vendrá, Giles, si el cochazo estaba allí.

—¿Crees que era un peligro amarillo como este?

—¿Qué, admirando mi coche? —La voz risueña de Mr. Afflick les hizo dar un respingo. El hombre estaba asomado por encima de un seto—. Yo lo llamo Botón de Oro. Siempre me han gustado los coches grandes. Es impactante, ¿no les parece?

—Desde luego que sí —admitió Giles.

—Me encantan las flores —comentó Mr. Afflick—. Por eso mis empresas llevan nombres de flores. Aquí tiene su pañuelo, Mrs. Reed. Se había caído detrás del escritorio. Adiós. Ha sido un placer conocerlos.

—¿Crees que nos habrá oído cuando hemos dicho que su coche era un peligro amarillo? —preguntó Gwenda, mientras se ponían en marcha.

—No lo creo. Parece un tipo bastante amable, ¿no? —contestó Giles, que no las tenía todas consigo.

—Sí, pero eso no creo que sea un detalle que debamos tomar en cuenta. La esposa le tiene miedo, Giles. Le vi la expresión.

—¿Qué dices? ¿Miedo de ese tipo tan amable y jovial?

—Quizá no sea tan amable y jovial como aparenta. Creo que no me gusta Mr. Afflick. Me pregunto cuánto tiempo llevaba detrás de nosotros escuchando lo que decíamos. Por cierto, ¿qué decíamos?

—Poca cosa —respondió Giles con la misma expresión de inquietud.

Capítulo 22

Lily acude a la cita

1

—Bueno, que me cuelguen —exclamó Giles.

Acababa de abrir una carta que había llegado con el correo de la tarde y ahora miraba el texto con una expresión de asombro.

—¿Qué pasa?

—Es el informe de los peritos calígrafos.

—¿Está confirmado que ella no escribió las cartas? —preguntó Gwenda ansiosa.

—Al contrario, Gwenda. Las escribió.

Se miraron con asombro el uno al otro.

—¿Las cartas no son falsas? ¿Son auténticas? —dijo Gwenda incrédula—. O sea, que Helen se marchó de aquí, las escribió desde el extranjero, y la historia de que la estrangularon es una fantasía.

—Eso parece —manifestó Giles pensativo—. Pero todo es muy extraño. No lo entiendo. Justo ahora, cuando todo parecía indicar lo contrario.

—Quizá los expertos estén equivocados...

—Tal vez, pero el informe parece concluyente. La verdad, Gwenda, es que no entiendo nada. ¿Es posible que nos hayamos comportado como unos idiotas?

—¿Única y exclusivamente por mi ridículo comportamiento en el teatro? Te diré lo que haremos, Giles. Ahora mismo iremos a ver a Miss Marple. Tenemos tiempo. La cita con el doctor Kennedy es a las cuatro y media.

Sin embargo, Miss Marple reaccionó de una manera muy diferente a la que esperaban. Manifestó que le parecía muy bien.

—Mi querida Miss Marple —dijo Gwenda—, ¿qué quiere decir con eso?

—Quiero decir que alguien no es tan listo como cree.

—¿En qué sentido?

—Ha cometido un desliz —afirmó Miss Marple con satisfacción.

—¿Cómo?

—Sin duda, Mr. Reed, ya ve usted que también esto limita el campo en el que debemos buscar.

—¿Cree usted que a Helen la asesinaron, aun cuando ahora sabemos que ella escribió estas cartas?

—Me refiero a que alguien consideraba muy importante que las cartas fueran de puño y letra de Helen.

—Comprendo, o al menos eso creo. En algún momento tuvieron que existir las circunstancias favorables para convencer a Helen de que las escribiera. Eso sí que limitaría el campo. Pero ¿cuáles serían esas circunstancias?

—Vamos, Mr. Reed, ¿de verdad no lo sabe? Es muy evidente.

—Para mí no es tan obvio, se lo aseguro —manifestó Giles con un tono de rebeldía.

—Si reflexionara un poco más...

—Vamos, Giles, llegaremos tarde.

Dejaron a Miss Marple, que sonreía muy tranquila.

—A veces esa señora consigue sacarme de quicio —afirmó Giles—. No sé adónde demonios quiere ir a parar.

Llegaron a la casa del médico con tiempo de sobra. El doctor Kennedy les abrió la puerta.

—Le he dado la tarde libre a mi asistenta. Me pareció lo más prudente.

Condujo la pareja a la sala, donde había una bandeja con tazas, platos, bollos, pasteles y mantequilla.

—Pensé que una taza de té no estaría mal, ¿verdad? —le preguntó a Gwenda—. Servirá para que Mrs. Kimble se sienta más tranquila.

—Tiene usted toda la razón —respondió Gwenda.

—Otra pregunta. ¿Cómo los presento? ¿Le digo directamente quiénes son o eso la hará desconfiar?

—La gente del campo es muy suspicaz —opinó Gwenda—. Creo que lo mejor será que la reciba usted a solas.

—Comparto la opinión de Gwenda —comentó Giles.

—Si esperan ustedes en la habitación vecina y dejo la puerta entreabierta podrán escuchar todo lo que digamos. Creo que estará plenamente justificado, dadas las circunstancias del caso.

—Supongo que eso es espiar, pero no importa —asintió Gwenda.

—No creo que se viole ningún principio ético —señaló el doctor Kennedy con una leve sonrisa—. En cualquier caso, no haré ningún juramento de silencio, aunque estoy dispuesto a dar mi consejo si me lo pide. —Miró su reloj—. El tren llega a Woodleigh Road a las cuatro y treinta y cinco. Faltan unos minutos. Después, subir por la colina es un paseo de cinco minutos.

El médico comenzó a deambular por la sala con una expresión inquieta.

—No lo entiendo —añadió—. No entiendo lo que significa. Si Helen no se marchó de la casa, si las cartas que recibí eran falsas... —Gwenda fue a decir algo, pero Giles se lo impidió con un gesto—, si el pobre Kelvin no la mató, entonces, ¿qué diablos ocurrió?

—La mató algún otro —dijo Gwenda.

—Mi querida joven, si la mató algún otro, ¿por qué Kelvin insistió en que él era el asesino?

—Porque eso era lo que él creía. La encontró en la cama y creyó que él lo había hecho. Esa es una explicación verosímil, ¿no le parece?

El doctor Kennedy se rascó enfadado la nariz.

—¿Cómo voy a saberlo? No soy psiquiatra. ¿Un *shock*? ¿Una depresión nerviosa? Sí, supongo que es posible. Pero ¿quién querría matar a Helen?

—Sospechamos de tres personas —contestó la joven.

—¿Tres personas? ¿Quiénes son? No había nadie que pudiera tener un motivo para matar a Helen, a menos que estuviera loco. No tenía enemigos. Todo el mundo la quería.

Se acercó al escritorio, abrió un cajón y comenzó a buscar en el interior.

Sacó una foto descolorida de una muchacha alta vestida con prendas de deporte, el pelo recogido y una expresión feliz. El doctor Kennedy, un Kennedy mucho más joven y alegre, aparecía a su lado con un cachorro en brazos.

—En las últimas semanas no he dejado de pensar en ella —afirmó apesadumbrado—. Hacía años que no pensaba en ella, casi había conseguido olvidarla. Ahora pienso en Helen constantemente. Gracias a ustedes. —Sus palabras sonaron casi como una acusación.

—Creo que es obra de ella —replicó Gwenda.

—¿Qué quiere usted decir? —preguntó Kennedy en un tono vivo.

—Solo eso. No sé explicarlo. Pero no es cosa nuestra. Es algo que hace la propia Helen.

El pitido melancólico de una locomotora sonó a lo lejos. El doctor Kennedy se acercó a la ventana y la pareja le siguió. Vieron una columna de humo que avanzaba despacio a través del valle.

—Allá va el tren —dijo Kennedy.

—¿Llega a la estación?

—No. Se va. Mrs. Kimble no tardará en llegar.

Pero pasaron los minutos y Lily Kimble no se presentó.

2

Lily Kimble se apeó del tren en el empalme de Dillmouth y cruzó el puente para coger el tren que hacía el trayecto local. Solo había un puñado de pasajeros, no llegaban ni a la media docena. Era una hora de poco movimiento y además había mercado en Helchester.

El tren se puso en marcha para cruzar el valle. Había tres paradas antes de llegar al final del recorrido en

Lonsbury Bay: Newton Langford, Matchings Halt (para ir a Woodleigh Camp) y Woodleigh Bolton.

Lily Kimble miró a través de la ventanilla pero ni siquiera se fijó en el precioso paisaje rural. En su imaginación veía un tresillo nuevo tapizado color verde jade.

Fue la única persona que se apeó en la pequeña estación de Matchings Halt. Entregó su billete al revisor y salió a la calle. Un poco más allá había un cartel que decía A WOODLEIGH CAMP al pie de un sendero que subía la colina.

Lily Kimble echó a andar con paso enérgico. El sendero bordeaba un bosque y, al otro lado, se abría una pendiente casi a pico cubierta de matorrales.

Alguien salió de entre los árboles y Lily se sobresaltó.

—Vaya susto que me ha dado —exclamó—. No esperaba encontrarlo aquí.

—La he sorprendido, ¿eh? Pues tengo otra sorpresa para usted.

Era un paraje muy solitario. No había nadie que pudiera oír un grito de socorro. En realidad, no se oyó ningún grito y la resistencia de la víctima fue muy breve.

Una paloma, asustada, remontó el vuelo.

3

—¿Dónde estará esa mujer? —preguntó el doctor Kennedy enfadado.

El reloj marcaba las cinco menos diez.

—¿Es posible que se equivocara de camino al salir de la estación?

—Se lo expliqué con toda claridad. Además, es imposible confundirse. Doblar a la izquierda al salir de la estación y seguir después por la primera calle a la derecha. No se tarda más de cinco minutos en llegar hasta aquí.

—Quizá cambió de opinión —dijo Giles.

—Eso parece.

—O perdió el tren —sugirió Gwenda.

—No. Creo que lo más probable es que, después de todo, decidiera no venir —opinó el doctor Kennedy con voz pausada—. Quizá el marido decidió intervenir. Nunca se sabe cómo pueden reaccionar esta clase de personas. —Volvió a caminar por la habitación hasta que finalmente cogió el teléfono y marcó un número—. Hola, ¿hablo con el jefe de estación? Soy el doctor Kennedy. Esperaba a una persona que viajaba en el tren de las cuatro y treinta y cinco. Una mujer de mediana edad. ¿Le preguntó alguien cómo llegar a mi casa? ¿Cómo dice?

Gwenda y Giles estaban lo bastante cerca como para oír el hablar lento del jefe de la estación de Woodleigh Bolton.

—Nadie preguntó por usted, doctor. No había ningún forastero en el tren de las cuatro y treinta y cinco. Los únicos que se apearon aquí fueron Mrs. Narracott, que venía de Meadows, Johnnie Lawes y la hija del viejo Benson. No había nadie más.

—Así que cambió de opinión —sentenció Kennedy después de colgar el teléfono—. Bien, pues tomaremos el té nosotros. El agua está caliente. Iré a prepararlo. —Volvió con la tetera al cabo de unos minutos y se sentaron—. Esto no es más que un pequeño obstáculo —manifestó con un tono un poco más animado—. Tenemos su dirección. Quizá podamos ir a visitarla.

Sonó el teléfono y el doctor atendió la llamada.

—¿El doctor Kennedy?

—Soy yo.

—Soy el inspector Last, de la comisaría de Longford. ¿Esperaba usted la visita de una mujer llamada Lily Kimble, Mrs. Lily Kimble?

—Sí. ¿Por qué? ¿Ha ocurrido un accidente?

—No creo que el término preciso sea *accidente*. Está muerta. Encontramos una carta escrita por usted en el bolso de la difunta. Por eso le llamo. ¿Podría venir a la comisaría cuanto antes?

—Ahora mismo voy para allá.

4

—Vamos a ver si aclaramos esto —dijo el inspector Last. Miró al doctor Kennedy y después a Gwenda y Giles, que lo habían acompañado. Gwenda estaba muy pálida y mantenía las manos cruzadas para que no le temblaran—. ¿Esperaba usted a esta mujer que viajaba en el tren que sale del empalme de Dillmouth a las cuatro y cinco y llega a Woodleigh Bolton a las cuatro y treinta y cinco?

El doctor Kennedy asintió.

El inspector echó una ojeada a la carta que habían encontrado en el bolso de la víctima. Las instrucciones no podían ser más claras.

Estimada Mrs. Kimble:

Estaré encantado de aconsejarla. Como verá por el encabezamiento de esta carta, ya no vivo en Dillmouth. Tiene us-

ted que tomar el tren que sale de Coombeleigh a las tres y media, y hacer transbordo en el empalme de Dillmouth, para coger el tren de Lonsbury Bay hasta Woodleigh Bolton. Mi casa está a cinco minutos a pie. Doble a la izquierda cuando salga de la estación y después siga por la primera calle a la derecha. Mi casa está al final de la calle, a la derecha. Hay una placa con mi nombre en la verja.

Cordialmente,

James Kennedy

—¿Se mencionó la posibilidad de que viniera en un tren que salía más temprano?

—¿Más temprano? —Kennedy miró al inspector con una expresión incrédula.

—Verá, doctor, eso es lo que hizo. No tomó el tren que salía de Coombeleigh a las tres y media, sino el de la una y media, hizo transbordo en el empalme de Dillmouth a las dos y cinco y se apeó en Matchings Halt, que es la estación anterior a la de Woodleigh Bolton.

—¡Eso es increíble!

—¿Se trataba de una consulta profesional, doctor?

—No. Hace años que estoy retirado.

—Eso es lo que creía. ¿La conocía usted bien?

—No la veía desde hace unos veinte años.

—Sin embargo, la ha identificado usted sin problemas.

Gwenda se estremeció, pero ver un cadáver era algo que no afectaba a los médicos.

—Dadas las circunstancias, es difícil decir si la reconocí o no —manifestó Kennedy en un tono pensativo—. La estrangularon, ¿no es así?

—La estrangularon. El cadáver apareció en un bosquecillo cercano al sendero que va de Matchings Halt a

Woodleigh Camp. La encontró un transeúnte que venía de Woodleigh Camp alrededor de las cuatro menos diez. El forense calcula que la mataron entre las dos y cuarto y las tres. Por lo visto, la asesinaron poco después de salir de la estación. Ningún otro pasajero se apeó en Matchings Halt. Ella fue la única que lo hizo.

»¿Por qué se bajó del tren en Matchings Halt? ¿Se equivocó de estación? No lo creo. En cualquier caso, llegó con dos horas de adelanto a la hora de la cita y no viajó en el tren que usted le indicó, aunque llevaba la carta. ¿Puede decirme cuál era el motivo de la entrevista, doctor?

Kennedy sacó la carta de Lily y se la entregó al policía.

—Aquí tiene. El recorte de periódico corresponde al anuncio que pusieron Mr. y Mrs. Reed.

El inspector leyó la carta y el anuncio. Después miró al doctor y a la pareja.

—¿Puede alguien contarme la historia que hay detrás de todo esto? Supongo que se remonta a muchos años atrás, ¿no es así?

—Dieciocho —dijo Gwenda.

Poco a poco, con interrupciones y paréntesis, le contaron toda la historia. El inspector era un buen oyente. Dejó que los tres visitantes le explicaran las cosas a su manera. El relato de Kennedy fue conciso y el de Gwenda un tanto disperso, pero muy imaginativo. La versión de Giles fue la más importante. Fue directamente al grano, pero sin las reservas del doctor Kennedy, y lo contó todo de una forma mucho más coherente que Gwenda. También fue quien se extendió más de los tres.

Después de escucharlos, el inspector realizó un resumen de los hechos conocidos.

—Mrs. Halliday era su madrastra, Mrs. Reed, y la hermana del doctor Kennedy. Hace dieciocho años, desapareció de la casa donde vive usted ahora. Lily Kimble, cuyo nombre de soltera era Abbot, trabajaba en aquel entonces como doncella de la familia. Por alguna razón que desconocemos, Lily Kimble se decidió, después de tantos años, por la teoría de que allí había algo que no cuadraba. En aquel tiempo, se daba por hecho que Mrs. Halliday se había marchado con un hombre cuya identidad desconocemos. El comandante Halliday falleció al cabo de tres años en una institución psiquiátrica, convencido de que había estrangulado a su esposa, aunque los médicos consideraban que era una alucinación.

»Todos estos son hechos muy interesantes, pero un tanto inconcretos. La cuestión central es saber si Mrs. Halliday está viva o muerta y, por otro lado, averiguar lo que sabía Lily Kimble. Todo parece indicar que debía de ser algo muy importante, tanto que la mataron para impedir que lo dijera.

—¿Quién más podía saber que iba a contarlo, excepto nosotros? —preguntó Gwenda.

El inspector Last observó con una expresión pensativa a la joven.

—Es algo muy significativo que Mrs. Kimble decidiera tomar el tren que salía del empalme de Dillmouth a las dos y cinco en lugar del de las cuatro y cinco. Tiene que haber una razón que lo justifique. Además, se apeó en la estación anterior a Woodleigh Bolton. ¿Por qué? Quizá, después de mandarle una carta al doctor, escribiera a alguien más, quizá para proponerle una cita en Woodleigh Camp. De ese modo, si el resultado del encuentro era insatisfactorio, podría acudir al doctor Kennedy para pedirle consejo. Es posible que sospechara de una persona en concreto, y que escribiera a dicha persona para insinuarle sus sospechas y proponerle un encuentro.

—¡Chantaje! —afirmó Giles sin vacilar.

—No creo que ella lo considerara un chantaje —repuso el inspector—. Solo una manera de conseguir una recompensa. Ya veremos. Quizá su marido pueda decirnos algo más.

5

—Se lo advertí, sí, señor —manifestó Mr. Kimble en un tono apesadumbrado—. «Déjalo correr, no te metas en líos», le dije. Pero lo hizo a mis espaldas. Creyó que ella era más lista que nadie. Así era Lily. Demasiado lista para su propio bien.

El interrogatorio dejó bien claro que Mr. Kimble sabía muy poco de toda la historia.

Lily había trabajado en St. Catherine's antes de que se conocieran. Le gustaba mucho ir al cine y le había contado que había trabajado en una casa donde se había cometido un asesinato.

—No le hice mucho caso. Pura imaginación. Lily nunca tenía bastante con los hechos reales. Me contó la historia de que su señor había matado a su esposa, que quizá había enterrado el cuerpo en el sótano y no sé qué de una chica francesa que había visto algo o a alguien cuando miraba a través de la ventana. «No hagas caso de los extranjeros, chica», le dije. «Son todos unos mentirosos. No son como nosotros.» Después, como continuó dándome la tabarra, no le presté atención porque era pura fantasía. Lily era muy aficionada a los crímenes. No se perdía ni uno solo de los artículos de la serie sobre asesinatos famosos que publicaba el *Sunday News*. No pensaba en otra cosa y le gustaba creer que había estado en una casa donde habían cometido un crimen. Bueno, pensar no hace daño a nadie. Pero cuando me vino con todo aquello de responder al anuncio, le dije: «Déjalo correr. No vale la pena meterse en líos», y si me hubiera hecho caso, hoy seguiría viva. —Hizo una pausa y después añadió—: Sí, seguiría viva. Pero Lily era demasiado lista para su propio bien.

Capítulo 23

¿Cuál de ellos?

Giles y Gwenda no acompañaron al inspector Last y al doctor Kennedy en su visita a Mr. Kimble. Regresaron a su casa alrededor de las siete. Gwenda estaba muy pálida y descompuesta. El doctor Kennedy le había dicho a Giles: «Sírvale una copa de brandy, que coma algo y después a la cama. Ha sufrido un trauma bastante serio».

—Es espantoso, Giles —dijo Gwenda—, es espantoso imaginarte que esa mujer fue tan tonta como para concertar una cita con el asesino y presentarse tan confiada solo para que la mataran. Como un cordero que llevan al matadero.

—No pienses más en eso. Sabíamos que había un asesino.

—No, no lo sabíamos. Me refiero a que lo hubo entonces, hace dieciocho años, no ahora. Tampoco parecía algo tan real. Existía la posibilidad de que pudiéramos estar equivocados.

—Esto al menos prueba que no se trataba de un error. Tenías razón desde el principio, Gwenda.

Giles se alegró al ver que Miss Marple estaba en Hillside. La anciana y Mrs. Cocker se ocuparon de inmediato de Gwenda, que rechazó la copa de brandy, pero sí que accedió a beber un whisky caliente con limón y se comió después una tortilla francesa que le preparó Mrs. Cocker.

Giles estaba dispuesto a hablar de otras cosas, pero Miss Marple, con una habilidad admirable, abordó el tema del crimen de una manera amable y objetiva.

—Es algo terrible, querida, y, por supuesto, una sorpresa, pero, todo hay que decirlo, muy interesante. Desde luego, soy tan vieja que la muerte no me sorprende tanto como a usted. Solo me preocupa algo tan cruel y doloroso como el cáncer. Lo importante de todo esto es que prueba definitivamente y más allá de toda duda que la pobre Helen Halliday fue asesinada. Lo habíamos imaginado desde el principio y ahora lo sabemos.

—Según usted, tendríamos que saber dónde está el cadáver. Supongo que en el sótano —señaló Giles.

—No, no, Mr. Reed. Recuerde que Edith Pagett mencionó que había bajado al sótano a la mañana siguiente porque le preocupaba lo que había dicho Lily y que no había encontrado ni un solo rastro. Y tendría que haber encontrado alguno si buscó a fondo.

—Entonces, ¿qué se hizo del cadáver? ¿Lo cargaron en un coche para arrojarlo al mar?

—No. Venga ya, piensen un poco. ¿Qué fue lo primero que les llamó la atención o, mejor dicho, que le llamó la atención a Gwenda cuando llegaron aquí? El hecho de que no se viera el mar desde la puerta acristalada de la sala y de que no hubiera, como parecía lo más lógico, unos escalones que condujeran al jardín, y que, en cambio, hubieran plantado un seto. Después, usted descubrió que antiguamente había una escalinata pero que la habían trasladado al final de la terraza. ¿Por qué hicieron tal cosa?

Gwenda miró a la anciana y, por su expresión, quedó claro que comenzaba a comprender la verdad.

—¿Quiere usted decir que es allí donde...?

—Tuvo que haber un motivo para hacer el cambio, y no se me ocurre ninguno sensato. Con toda sinceridad, parece el peor lugar para una escalinata. Pero el final de la terraza es un lugar muy tranquilo, no se ve desde la casa, excepto desde una ventana, la que corresponde al cuarto de los niños en el primer piso. Si alguien quiere enterrar un cadáver, hay que remover la tierra y tiene que haber una razón para hacerlo. La razón fue que se decidió trasladar la escalinata desde donde estaba delante de la puerta acristalada de la sala al final de la terraza. Me he enterado por el doctor Kennedy de que Helen y su marido eran muy aficionados a la jardinería y que dedicaban muchas horas a su afición. El jardinero que tenían se limitaba a cumplir sus órdenes, y si un día vio que se estaba realizando el cambio y que faltaban algunas de las losas, debió de suponer que los Halliday habían comenzado el trabajo cuando él no se encontraba allí. El cadáver puede estar enterrado en cualquiera de los dos lugares, pero creo que podemos estar casi seguros de que está al final de la terraza y no delante de la puerta acristalada de la sala.

—¿Cómo podemos estar seguros? —preguntó entonces Gwenda.

—Por lo que escribió la pobre Lily Kimble en su carta, cambió de opinión sobre el lugar donde estaba enterrado el cadáver por lo que Léonie vio a través de la ventana. Eso lo deja muy claro, ¿no? La chica suiza miró a través de la ventana del cuarto de los niños en algún momento de la noche y vio que estaban cavando una tumba. Quizá llegó incluso a ver a la persona que la estaba cavando.

—¿Cómo es posible que no le dijera nada a la policía? —protestó Gwenda.

—Querida, en aquel momento nadie habló de un crimen. Léonie, que seguramente hablaba poco y mal el inglés, se conformó con la versión de que Mrs. Halliday se había fugado con su amante. Sin embargo, le mencionó a Lily, quizá no en ese momento sino más tarde, que había visto algo aquella noche, y sus palabras reafirmaron la convicción de Lily de que se había cometido un asesinato. Pero no tengo ninguna duda de que Edith Pagett le ordenó a Lily que no dijera más tonterías y que la chica suiza aceptó su opinión. Por otra parte, no querría verse mezclada en un asunto policial. Los extranjeros siempre tienen mucha aprensión a la policía cuando están fuera de su país. Así que regresó a Suiza y se olvidó del asunto.

—Si está viva, quizá podríamos localizarla —apuntó Giles.

—Es posible —admitió Miss Marple.

—¿Cómo podemos hacerlo? —preguntó Giles.

—Me parece que ese es un trabajo que le corresponde a la policía. Están mucho más capacitados que nosotros.

—El inspector Last vendrá mañana por la mañana.

—Creo que le hablaré de la escalinata —dijo Miss Marple.

—¿Le mencionará también lo que vi, o creí ver, en el vestíbulo? —preguntó Gwenda muy nerviosa.

—Sí, querida. Ha hecho usted muy bien en mantenerlo en secreto hasta ahora. Muy prudente y sensato por su parte, pero considero que ha llegado el momento de decirlo.

—La estrangularon en el vestíbulo —dijo Giles—. Después, el asesino la llevó hasta el dormitorio y la dejó en la cama. Kelvin Halliday llegó a la casa, se quedó dormido con la droga que había en el whisky y también lo subieron al dormitorio. Volvió en sí y creyó que la había matado. Sin duda, el asesino estaba muy cerca vigilando todo lo que ocurría. Cuando Kelvin salió para buscar al doctor Kennedy, el asesino se llevó el cadáver, lo escondió entre los arbustos al final de la terraza y esperó a que todos estuvieran en la cama y dormidos, entonces cavó la tumba y enterró el cadáver. Eso significa que estuvo en esta casa gran parte de la noche.

Miss Marple asintió complacida por el resumen de Giles.

—Tenía que encontrarse en el lugar —añadió el joven—. Recuerdo que usted mencionó que eso era importante. Ahora debemos ver cuál de nuestros tres sospechosos encaja con la hipótesis. Empecemos con Erskine. Estaba aquí. Él mismo dijo que había llegado aquí con Helen de la playa alrededor de las nueve, y que le dijo adiós. ¿Lo hizo? Supongamos, en cambio, que la estranguló.

—Pero si todo había acabado entre ellos hacía años —exclamó Gwenda—. También dijo que apenas si había estado unos instantes a solas con Helen.

—Gwenda, cariño, comprende que ahora debemos mirar todo este asunto desde otro ángulo. No podemos fiarnos de lo que dicen los demás.

—Me alegra mucho oírselo decir —intervino Miss Marple—, porque me tenía algo preocupada que siempre estuvieran dispuestos a aceptar como hechos todo lo que les dice la gente. Lamento decir que soy desconfiada por naturaleza y, en lo que se refiere a los asesinatos, me atengo a la norma de no creer nada de lo que me dicen hasta haberlo comprobado. Un ejemplo: parece muy cierto que Lily Kimble mencionó que las prendas que se supone que Helen se llevó en la maleta no eran las que se hubiera llevado su señora, porque no solo Edith Pagett nos confirmó que Lily se lo dijo, sino que la misma Lily menciona el hecho en su carta al doctor Kennedy. Por lo tanto, tenemos un hecho. El doctor Kennedy nos dijo que Kelvin Halliday creía que su esposa lo drogaba en secreto, y Kelvin Halliday lo confirma en su diario, o sea, que tenemos otro hecho, y, desde luego, un hecho muy curioso, ¿no les parece? Sin embargo, no es momento de entrar en este asunto. Lo que deseo recalcar es que muchas de sus suposiciones se basan en lo que les dijeron, quizá de una manera muy convincente.

Giles miró con una expresión ceñuda a la anciana. Gwenda, que ya había recuperado el color, bebió un sorbo de café.

—Vamos a comprobar ahora lo que nos dijeron esas tres personas —propuso Giles—. Tomemos primero a Erskine. Dijo...

—La tienes tomada con Erskine —protestó Gwenda—. Es una pérdida de tiempo ir a por él, porque ahora sabemos que no tiene nada que ver. Es imposible que asesinara a Lily Kimble.

—Dijo que conoció a Helen en el barco cuando viajaban a la India —prosiguió Giles sin hacerle caso—, y que se enamoraron, pero que se vio incapaz de dejar a su esposa y a sus hijos, así que decidieron decirse adiós. Supongamos que no fuera así, que él se enamorara con locura y fuera ella la que no quisiera fugarse. Supongamos que la amenazara con matarla si se casaba con otro.

—Me parece muy poco probable —afirmó Gwenda.

—Esas cosas ocurren. Recuerda lo que le oíste decir a su esposa. Tú lo atribuiste a los celos, pero quizá sea cierto. Tal vez ella lo ha pasado muy mal porque su marido es un maníaco sexual.

—No me lo creo.

—No, porque las mujeres lo consideran atractivo. Creo que hay algo un tanto extraño en Erskine. Sin embargo, continuemos con el análisis. Helen rompe el compromiso con Fane, regresa a casa, contrae matrimonio con tu padre y se instala aquí. Entonces, un buen día, aparece Erskine. La excusa aparente es que ha venido a pasar unas semanas de veraneo con su esposa. Eso es algo extraño. Erskine admitió que vino con intención de ver a Helen. Digamos que era Erskine el hombre que estaba con ella el día en el que Lily le oyó decir que le tenía miedo: «Te tengo miedo desde hace mucho tiempo. Estás loco».

»Como está asustada, hace planes para irse a vivir a Norfolk, pero lo mantiene en secreto. Nadie debe saberlo hasta que los Erskine se marchen de Dillmouth. Hasta el momento todo encaja. Ahora llegamos a la noche fatal. No sabemos qué hacían los Halliday a última hora de la tarde...

Miss Marple lo interrumpió con un leve carraspeo.

—Verá, volví a ver a Edith Pagett. Recuerda que aquel día cenaron temprano, a las siete, porque el comandante Halliday tenía una reunión en el club de golf o en la parroquia. Mrs. Halliday abandonó la casa después de cenar.

—Muy bien. Helen sale para encontrarse con Erskine en la playa. Él se marchaba al día siguiente. Quizá anuncia que no se irá solo. Presiona a Helen para que se marche con él. Helen regresa aquí y él la sigue. Finalmente, en un arrebato de furia la estrangula. Todos estamos de acuerdo en lo que sucede a continuación. Erskine está desquiciado, pretende que Kelvin Halliday crea que él asesinó a su esposa. Más tarde, entierra el cadáver. Recuerden que le dijo a Gwenda que no había vuelto al hotel hasta muy tarde porque había estado paseando por Dillmouth.

—Me pregunto qué estaría haciendo su esposa —dijo Miss Marple.

—Lo más probable es que estuviera loca de celos —señaló Gwenda—. Quizá, cuando regresó, le montó una escena.

—Esta es mi reconstrucción —concluyó Giles—, y me parece posible.

—Insisto en que no pudo matar a Lily Kimble —afirmó Gwenda— porque vive en Northumberland. Así que pensar en él es una pérdida de tiempo. Pasemos a Walter Fane.

—De acuerdo. Walter Fane es un tipo reprimido. Parece una persona amable y dócil. Pero Miss Marple nos ha informado de un testimonio muy valioso. En una ocasión, llevado por una rabia desmesurada, casi mató a su hermano. De acuerdo en que en aquel entonces era un niño, pero no deja de ser sorprendente, porque siempre se había mostrado como alguien comprensivo y dispuesto al perdón.

»La cuestión es que Walter Fane se enamora de Helen Halliday. No es un amor normal, está loco por ella. Helen lo rechaza y Walter se marcha a la India. Más tarde, ella le escribe para decirle que está dispuesta a casarse con él y que viajará a la India. Helen emprende el viaje. Entonces, llega otro desengaño. Helen desembarca y le dice que ha conocido a otro hombre en el barco. Regresa a casa y se casa con Kelvin Halliday. Walter Fane cree que Halliday es el hombre que le ha robado a Helen. Se obsesiona, alimenta un odio feroz que clama venganza y regresa. Actúa como siempre, el amigo bueno y comprensivo. Frecuenta esta casa y se comporta como un gato doméstico. Pero quizá Helen le descubre el juego, se da cuenta de lo que hay detrás de su fachada. Tal vez, mucho antes, ya ha descubierto que el joven Walter Fane no es tan normal como parecía. Se lo dice: "Te tengo miedo desde hace mucho tiempo. Estás loco". Helen hace sus planes secretos para abandonar Dillmouth e irse a Norfolk. ¿Por qué? Porque tiene miedo de lo que pueda hacer Walter Fane.

»Ahora llegamos una vez más a la noche trágica. Aquí no pisamos terreno seguro. No sabemos qué hizo Walter Fane aquella noche, y no creo que lo lleguemos a descubrir. Pero cumple con el requisito de Miss Marple de "encontrarse en el lugar", hasta el punto de que solo está a unos dos o tres minutos a pie. Quizá se excusó diciendo que se iba a la cama temprano porque le dolía la cabeza, o se encerró en el despacho porque tenía trabajo pendiente, o algo por el estilo. Pudo hacer todas las cosas que hemos dicho que hizo el asesino, y creo que es el más indicado de los tres para equivocarse a la hora de preparar la maleta. No creo que sus conocimientos sobre prendas femeninas valgan gran cosa.

—Es curioso —señaló Gwenda—, pero el día que fui a su despacho experimenté una sensación muy extraña, como si él fuese una casa con las persianas cerradas, e incluso me imaginé que dentro había un muerto. —Miró a Miss Marple—. ¿Usted no lo encuentra ridículo?

—No, querida. Tal vez tenía razón.

—Pasemos ahora a Afflick —añadió Gwenda—, el próspero empresario, el tipo más listo de todos. Lo primero que hay en su contra es la opinión del doctor Kennedy de que mostraba síntomas de manía persecutoria, o sea, que nunca fue una persona normal. Nos habló de su relación con Helen, pero ahora todos estamos de acuerdo en que nos contó una sarta de mentiras. No solo creía que era una muchacha bonita, sino que además estaba locamente enamorado de ella. Pero Helen no lo amaba, solo se divertía. Se pirraba por los hombres, como dice Miss Marple.

—No, querida. Nunca dije tal cosa.

—Bueno, digamos que era una ninfómana, si usted lo prefiere. La cuestión es que tuvo una aventura con Jackie Afflick y, después, quiso quitárselo de encima. Pero Jackie no quería perder a Helen. El doctor Kennedy tuvo que intervenir para sacarla del embrollo. Afflick nos dijo que él no era de las personas que olvidan o perdonan. Afirmó que lo echaron de su trabajo porque Walter Fane le tendió una trampa para acusarlo de algo que no había hecho. Esto confirma la manía persecutoria.

—Así es —sostuvo Giles—. Por otro lado, si lo que contó Afflick es verdad, entonces tenemos otro argumento en contra de Fane, uno muy valioso.

—Helen se marcha al extranjero y Afflick abandona Dillmouth —manifestó Gwenda—, pero no la olvida, y, cuando Helen regresa a Dillmouth recién casada, él se acerca a visitarla. Primero dijo que había venido una sola vez, pero después admitió que había sido más de una. Por cierto, Giles, supongo que lo recuerdas. Edith Pagett habló de «nuestro hombre misterioso en un cochazo». O sea, que vino aquí tantas veces que dio pie a los cotilleos de las criadas. Sin embargo, Helen ni siquiera se molestó en invitarlo a cenar ni le presentó a Kelvin. Quizá le tenía miedo. Tal vez...

Giles la interrumpió.

—Todo esto se puede interpretar de dos maneras. Supongamos que Helen estaba enamorada de Afflick, su primer amor, y que continuó estándolo. Quizá vivieron una aventura y ella lo mantuvo en secreto. Pero tal vez Afflick quiso que Helen se fugara con él y, como Helen ya se había cansado de su amante y rehusaba marcharse, él la mató. Lily mencionó en su carta al doctor Kennedy que aquella noche había visto aparcado un cochazo delante de la casa. Era el coche de Afflick, o sea, que Jackie también estuvo en el lugar.

»Es una suposición —continuó Giles—, pero me parece razonable. Claro que, en todas estas reconstrucciones, nos quedan por encajar las cartas de Helen. Me he devanado los sesos en un intento por descubrir cuáles fueron las "circunstancias", como las denominó Miss Marple, que la indujeron a escribirlas. A mí me parece que la explicación es que ella tenía un amante y confiaba en que se fugarían. Apliquemos esto a nuestros tres sospechosos. Primero a Erskine. Digamos que no estaba preparado para abandonar a su esposa y destrozar su hogar, pero que Helen había aceptado abandonar a Kelvin Halliday y marcharse a algún lugar donde Erskine podía ir y estar con ella de vez en cuando. El primer paso sería desmontar las sospechas de Mrs. Erskine, así que Helen escribe un par de cartas que enviará a su hermano en el momento propicio para simular que se encuentra en el extranjero con su amante. Esto encaja muy bien con su insistencia por ocultar la identidad del hombre en cuestión.

—Pero si pensaba dejar a su marido por Erskine, ¿por qué iba a matarla? —preguntó Gwenda.

—Quizá Helen cambió de opinión en el último momento. Decidió que, después de todo, quería a su marido. Erskine perdió la cabeza y la estranguló. Luego preparó las maletas y se hizo con las cartas. Es una explicación lógica y que no deja cabos sueltos.

»Lo mismo se aplica a Walter Fane. Un escándalo sería desastroso para la reputación de un abogado de provincias. Helen quizá aceptó ir a algún lugar cercano donde Fane podría visitarla, pero con el engaño de que se había marchado al extranjero con otra persona. Las cartas y todo lo demás estaba preparado como tú has dicho, pero en el último momento Helen cambió de opinión. Walter perdió la cabeza y la mató.

—¿Qué me dice de Jackie Afflick?

—En su caso resulta más difícil encontrar una explicación para las cartas. No creo que el escándalo lo preocupara en lo más mínimo. Tal vez Helen no le tenía miedo a él, pero sí a mi padre, y entonces consideró que lo mejor sería simular el viaje al extranjero, o quizá en aquel momento era la esposa de Afflick la que tenía el dinero y él lo necesitaba para poner en marcha sus empresas. Sí, hay muchas razones para justificar las cartas.

—¿Cuál considera más probable, Miss Marple?

—preguntó Gwenda—. En realidad, no creo que fuera Walter Fane, pero... —Se interrumpió al ver que entraba Mrs. Cocker para llevarse las tazas de café.

—Por cierto, señora, ahora me acaba de venir a la memoria. Con todo eso de la pobre mujer asesinada y usted y Mr. Reed mezclados en este asunto tan inoportuno, precisamente ahora recuerdo que Mr. Fane estuvo aquí esta tarde. Preguntó por usted. Se esperó más de media hora. Parecía muy seguro de que usted había quedado con él.

—¡Qué extraño! ¿A qué hora?

—Serían más o menos las cuatro. No había acabado de marcharse Mr. Fane cuando llegó otro caballero con un coche amarillo muy grande. Afirmó que usted lo esperaba y no quiso atender a razones. Estuvo aquí unos veinte minutos. Pensé que usted los habría invitado a tomar el té y, con todo ese lío del misterio, se le habría pasado por alto.

—No invité a nadie —afirmó Gwenda—. Sí que es extraño.

—Llamaremos a Fane ahora mismo —dijo Giles—. No creo que esté durmiendo.

Cogió el teléfono y llamó al abogado.

—Hola, ¿es usted, Fane? Soy Giles Reed. Acabo de saber que ha venido usted esta tarde a mi casa. ¿Qué? No, no, claro que estoy seguro. Sí, es muy extraño. Yo también me lo pregunto. —Se despidió del abogado y colgó el teléfono—. Esto sí que es un misterio. Por lo visto, alguien llamó a su despacho esta mañana y dejó un recado para que viniera a vernos esta tarde. Dijo que era muy importante.

Los jóvenes intercambiaron una mirada.

—Llama a Afflick —pidió Gwenda.

Giles buscó el número y llamó al empresario. Esta vez tardaron un poco más en contestar, pero Afflick atendió la llamada.

—¿Mr. Afflick? Giles Reed. Lo...

No pudo seguir porque su interlocutor lo interrumpió indignado. Giles esperó a que Afflick se despachara a gusto y después comentó:

—Pero es que no fuimos nosotros. Se lo aseguro. No se nos ocurriría hacer algo así... Sí, sí, sé que es usted un hombre muy ocupado... Ni se me pasaría por la cabeza... Oiga, ¿me puede usted decir quién lo llamó...? ¿Un hombre...? No, le repito que no fui yo... Sí, estoy de acuerdo con usted en que es algo extraordinario. —Colgó el teléfono—. Por lo visto es la misma historia. Alguien que dio mi nombre llamó a Afflick y le pidió que viniera aquí con la excusa de que se trataba de un asunto muy urgente.

—Pudo ser cualquiera de los dos —manifestó Gwenda—. ¿No lo ves, Giles? Uno de los dos pudo asesinar a Lily y venir aquí después para procurarse una coartada.

—No sería una coartada convincente —opinó Miss Marple.

—No me refiero tanto a una coartada, sino a una excusa para dejar el despacho. Lo que quiero decir es que uno de ellos dice la verdad y el otro miente. Está claro que uno hizo la llamada y le pidió al otro que viniera aquí para incriminarlo, pero no sabemos cuál de los dos fue: ¿Fane o Afflick? Yo me inclinaría por Jackie Afflick.

—Yo voto por Walter Fane —afirmó Giles.

La pareja miró a Miss Marple, que negó con la cabeza.

—Hay otra posibilidad —señaló la anciana.

—Por supuesto. Erskine.

A Giles le faltó tiempo para coger el teléfono.

—¿Qué vas a hacer?

—Llamar a Northumberland.

—Giles, no creerás que...

—Tenemos que saberlo. Si está en su casa, es imposible que matara a Lily esta tarde, a menos que contratara un avión privado o algo así.

Esperaron en silencio hasta que sonó el teléfono. Giles lo atendió. Era la operadora para informarle de que el comandante Erskine aceptaba la llamada.

—¿Erskine? —preguntó Giles, que no las tenía todas consigo—. Soy Giles Reed... Sí, Reed. —El joven miró a Gwenda con una expresión desesperada como diciéndole: «¿Qué demonios le digo?».

Gwenda le quitó el teléfono de la mano.

—¿Comandante Erskine? Soy Mrs. Reed. Nos enviaron una carta para ofrecernos una casa en Linscott Brake. ¿Sabe usted algo al respecto? Creo que está cerca de la suya.

—¿Linscott Brake? —preguntó Erskine—. No, no sé nada. ¿Cuál es el distrito postal?

—Es ilegible. Ya sabe usted cómo trabajan algunas agencias. Pero dice que está a unos veinticinco kilómetros de Daith y se nos ocurrió...

—Lo lamento. Es la primera noticia. ¿Quién vive allí?

—Nadie. Está desocupada. Pero no importa, en realidad, estamos a punto de aceptar otra oferta. Lamento haberlo molestado. Supongo que estará usted ocupado.

—No, no, hoy solo he tenido que ocuparme de las tareas domésticas. Mi esposa no está y la cocinera se ha ido a ver a su madre. No es que yo tenga muy buena mano para las cosas de la casa. Lo mío es el jardín.

—Lo mismo digo. Espero que su esposa no esté enferma.

—No, no. Ha ido a ver a su hermana. Regresa mañana.

—Bien, buenas noches. Lamento haberlo molestado. —Colgó el teléfono—. Erskine está fuera de todo este asunto —anunció muy satisfecha—. Su esposa no está en casa y él ha tenido que ocuparse de las tareas domésticas. Por lo tanto, hay que decidir entre los otros dos. ¿Usted qué opina, Miss Marple?

La anciana miró a sus amigos con una expresión grave.

—Creo que no han reflexionado a fondo sobre toda esta cuestión. La verdad es que estoy muy preocupada. Si supiera lo que debo hacer...

Capítulo 24

Las zarpas de mono

1

Gwenda apoyó los codos en la mesa y descansó la barbilla sobre las manos entrelazadas mientras miraba distraída los restos de su comida. Tendría que ocuparse de llevar los platos al fregadero, lavarlos, guardarlos y, más tarde, pensar en la cena.

Pero de momento no corría prisa. Necesitaba un poco de tiempo para asimilar las cosas. Los acontecimientos se sucedían demasiado deprisa.

Los hechos de aquella mañana, ahora que los contemplaba con objetividad, parecían caóticos e imposibles.

El inspector Last se había presentado temprano, a las nueve y media, acompañado por el inspector detective Primer, de la jefatura, y el jefe de policía del condado, que no se había quedado mucho tiempo. El inspector Primer era ahora quien investigaba el asesinato de Lily Kimble y todas las ramificaciones que se pudieran derivar.

Primer, un hombre de una calma engañosa y voz

amable, le había preguntado si sería una molestia que los agentes cavaran en el jardín. Por el tono, se hubiera dicho que pedía permiso para que sus hombres disfrutaran de unos minutos de ejercicios beneficiosos para su salud, en lugar de buscar un cadáver que llevaba enterrado dieciocho años.

Giles le había comentado al inspector que podría hacerle un par de sugerencias, y, a continuación, le habló del traslado de los escalones que conducían al jardín y llevó al inspector a la terraza.

Primer había mirado la ventana enrejada del primer piso en la esquina de la casa y había dicho: «Supongo que allí estaba el dormitorio de los niños». Giles se lo había confirmado. Luego, el inspector y Giles habían entrado en la casa mientras dos agentes cogían unas palas y comenzaban a cavar. Antes de que el inspector pudiera interrogarle, Giles le había dicho: «Le recomiendo, inspector, que escuche algo que mi esposa no le ha contado a nadie excepto a mí y a otra persona».

La mirada amable y alentadora del inspector Primer se había posado en Gwenda con una expresión reflexiva. «Se está preguntando —pensó Gwenda— si soy una mujer con los pies en el suelo o si soy de las que se imaginan cosas.» Se sentía tan observada que se había puesto a la defensiva.

—Quizá me lo he imaginado todo, no lo niego, pero me pareció muy real.

—Bien, Mrs. Reed, oigamos de qué se trata —había dicho el inspector con un tono que le devolvió la tranquilidad.

Gwenda se lo contó. Le habló de cómo la casa le había resultado familiar la primera vez que la vio, de cómo se había enterado de que había vivido allí durante su infancia, de cómo había recordado el papel de la pared de la habitación de los niños, la puerta que comunicaba el comedor con la sala y la sensación de que faltaban los escalones que bajaban al jardín.

El inspector había asentido, sin hacer ningún comentario sobre lo poco interesantes que eran los recuerdos infantiles de Gwenda, pero la joven se había preguntado si no lo pensaba. Después, se había preparado para la declaración final. Cómo había recordado, mientras se encontraba en el teatro, que había visto un cadáver tendido en el vestíbulo de Hillside, desde lo alto de la escalera.

—Con el rostro amoratado y el pelo rubio. Era Helen. Pero me pareció algo muy estúpido porque no sabía quién era Helen.

—Nos dijimos... —había comenzado Giles, pero el inspector lo había hecho callar con un gesto cargado de autoridad.

—Por favor, deje que Mrs. Reed me lo cuente con sus propias palabras.

Gwenda había continuado con el relato, con el rostro sonrojado, guiada por el inspector, que era un experto en interrogatorios y que se había esmerado con la joven.

—¿Webster? —había dicho pensativo—. *La duquesa de Malfi*. ¿Zarpas de mono?

—Lo más probable es que se tratara de una pesadilla —había sugerido Giles.

—Por favor, Mr. Reed.

—Sí que pudo ser una pesadilla —había asentido ella.

—No, no creo que lo fuera. Resultaría muy difícil explicar la muerte de Lily Kimble si no aceptamos primero que asesinaron a una mujer en esta casa.

Esta afirmación del inspector le había parecido tan sensata que se había apresurado a continuar con el relato.

—El asesino no fue mi padre. No lo fue, seguro. Incluso el doctor Penrose dijo que no encajaba en el perfil y que era incapaz de matar a nadie. Por su parte, el doctor Kennedy está muy seguro de que mi padre no lo hizo y de que solo se lo imaginaba. Como usted ve, el asesino fue alguien que deseaba presentar las cosas como si el culpable hubiera sido mi padre, y creemos saber de quién se trata. Dudamos entre dos personas.

—Gwenda, no podemos...

—Me pregunto, Mr. Reed —lo había interrumpido el inspector—, si tendría usted algún inconveniente en salir al jardín y preguntar a mis hombres cómo va el trabajo. Dígales que va de mi parte.

El inspector había cerrado la puerta acristalada después de salir Giles y había puesto la traba.

—Ahora cuénteme sus ideas, Mrs. Reed, y no se preocupe si le parecen incoherentes.

Gwenda le había contado todos los razonamientos y reflexiones y los pasos que habían dado para averiguar todo lo posible sobre los tres hombres que podían haber desempeñado un papel importante en la vida de Helen Halliday, y las conclusiones a las que habían llegado. También le había mencionado las extrañas llamadas a Walter Fane y J. J. Afflick, realizadas por alguien que se había hecho pasar por Giles, para que se presentaran en Hillside el día anterior.

—Parece claro que uno de los dos miente, ¿no le parece, inspector?

—Esa es una de las grandes dificultades de mi trabajo

—había respondido Primer en un tono de cansancio—. Casi todo el mundo sabe mentir, y muchas personas lo hacen, aunque no siempre por las razones que uno cree. Hay quienes ni siquiera saben que mienten.

—¿Cree que yo soy así? —había preguntado Gwenda asustada.

—Creo que es usted una testigo muy fidedigna, Mrs. Reed —le había respondido el inspector con una sonrisa.

—¿Cree usted que tengo razón en lo que se refiere a los presuntos sospechosos?

—En nuestro caso no se trata de creer, sino que es cuestión de comprobar. Dónde estaban todos, qué hacían. Sabemos con un margen de error de diez minutos la hora de la muerte de Lily Kimble. Entre las dos y veinte y las tres menos cuarto. Cualquiera pudo matarla y presentarse después aquí por la tarde. No se me ocurre ninguna explicación para las llamadas. A ninguno de los dos les facilita una coartada.

—Pero usted verificará lo que hacían a esa hora, ¿verdad? Entre las dos y veinte y las tres menos cuarto. Usted los interrogará.

—Haremos todas las preguntas necesarias, Mrs. Reed, se lo aseguro. Todo a su debido tiempo. No sirve de nada apresurar las cosas. Hay que tener claro el camino.

Gwenda había tenido una súbita visión de un trabajo paciente, discreto e implacable.

—Sí, lo comprendo. Usted es un profesional y nosotros solo somos unos simples aficionados. Podemos acertar en alguna ocasión, pero no sabríamos cómo sacarle partido.

—Algo así, Mrs. Reed.

El inspector había vuelto a sonreír mientras abría el ventanal y se había detenido cuando estaba a punto de salir a la terraza. A Gwenda le pareció un perdiguero de muestra cuando señala la pieza.

—Perdón, Mrs. Reed, aquella señora no será miss Jane Marple, ¿verdad?

Gwenda se había acercado al inspector. Miss Marple continuaba librando una guerra perdida contra los hierbajos.

—Sí, es Miss Marple. Se ha empeñado en ayudarnos con el jardín.

—Miss Marple. Ahora lo veo claro.

Gwenda le había dicho que era un encanto de mujer y el inspector le había respondido:

—Miss Marple es una dama muy famosa. Se ha metido en el bolsillo a los jefes de policía de tres condados. Todavía no lo ha hecho con el mío, pero todo llegará. Así que Miss Marple ha metido el dedo en este pastel.

—Nos hizo un montón de sugerencias muy útiles.

—No me cabe duda. ¿Fue sugerencia de ella dónde buscar a la difunta Mrs. Halliday?

—Dijo que Giles y yo deberíamos haber sabido dónde mirar, y nos pareció estúpido no habernos dado cuenta antes.

El inspector se había reído del comentario y después se había dirigido al encuentro de la anciana.

—Creo que no nos han presentado, Miss Marple, pero el coronel Melrose me habló de usted en una ocasión.

Miss Marple se había erguido con el rostro sonrosado por el esfuerzo mientras sujetaba un montón de hierbajos.

—Ah, sí. El querido coronel Melrose. Siempre ha sido muy amable conmigo. Desde...

—Desde que mataron al sacristán en el despacho del vicario, hace ya muchos años, pero ha tenido usted muchos otros éxitos desde entonces. Aquello de una pluma envenenada cerca de Lymstock...

—Parece saber mucho de mí, inspector...

—Primer. Supongo que ha estado muy ocupada en esta casa.

—Intento hacer lo que puedo en el jardín. Está muy descuidado. La correhuela es algo repugnante. Las raíces —había afirmado Miss Marple, mirando con mucha atención al inspector— se deslizan bajo tierra hasta mucho más allá de donde aparecen por primera vez.

—Creo que tiene usted mucha razón. Se deslizan hasta muy lejos. Lo mismo que este asesinato, que se remonta muy atrás. Dieciocho años.

—Quizá incluso más. Por debajo de la tierra y es terriblemente dañina, inspector. Mata a las hermosas flores que acaban de nacer.

Uno de los agentes había aparecido por el sendero. Sudaba a mares y tenía una mancha de tierra en la frente.

—Hemos encontrado algo, señor. Me parece que es ella.

2

Fue a partir de ese momento, reflexionó Gwenda, que el día se convirtió en una pesadilla.

Giles había entrado en la casa con el rostro serio para decirle: «Es ella, Gwenda».

Uno de los agentes había usado el teléfono para llamar a la comisaría y, en cuestión de minutos, se había presentado el forense.

Después fue cuando Mrs. Cocker —la imperturbable Mrs. Cocker— salió al jardín, no porque la impulsara una curiosidad morbosa, sino para recoger un ramillete de hierbas aromáticas que necesitaba para el plato que estaba cocinando. La cocinera, cuya reacción ante el asesinato del día anterior había sido de censura y de una profunda ansiedad por su repercusión en la salud de Gwenda (porque estaba segura de que la habitación de los niños tendría un ocupante cuando se cumplieran los meses debidos), se había topado con el horrible espectáculo de los huesos desenterrados y había tenido un ataque de ansiedad.

—Es horrible, señora. Los huesos de un esqueleto son algo que nunca he podido soportar. Y menos todavía aquí, en el jardín, junto a la menta. Me dan unas palpitaciones tan rápidas que apenas puedo respirar. No quiero parecer una descarada, pero creo que una copita de brandy...

Gwenda, asustada por los jadeos de Mrs. Cocker y por el color ceniciento de su rostro, había corrido en busca de la botella de brandy y le había traído una copa llena.

Mrs. Cocker había bebido un trago, pero justo cuando decía: «Es lo que necesitaba, señora. Yo...», se le había quebrado la voz y su rostro se le había desencajado de tal manera que Gwenda había gritado pidiendo auxilio y Giles había tenido que pedirle al forense que se acercara.

—Fue una suerte que yo estuviera en la casa —comentó el forense después de haber atendido a la cocinera—. Se ha salvado por los pelos. Sin la atención inmediata de un médico, ahora estaría muerta.

Luego el inspector se había llevado la botella de brandy y, después de conversar en un aparte con el forense, les había preguntado a ella y a Giles cuándo habían bebido de aquel brandy por última vez.

Gwenda le había contestado que no lo probaban desde hacía días. Habían estado de viaje por el norte y solo habían bebido ginebra cuando les había apetecido una copa.

—Pero ayer estuve a punto de beber un poco —le había dicho—, solo que preferí tomar whisky y Giles abrió una botella nueva.

—Tuvo suerte, Mrs. Reed. Si ayer hubiera bebido brandy, dudo mucho de que hoy estuviera viva.

—Giles también estuvo a punto de beberlo, pero luego prefirió tomar whisky conmigo.

Gwenda se estremeció.

Incluso ahora que ya se había marchado la policía y Giles se había ido con ellos tras un almuerzo improvisado a base de comida enlatada (porque Mrs. Cocker estaba en el hospital), le resultaba difícil creer en los terribles acontecimientos de la mañana.

Solo había una cosa que destacaba entre las demás: la presencia en la casa de Jackie Afflick y Walter Fane durante la tarde del día anterior. Uno de los dos había envenenado el brandy. ¿Cuál podía ser el propósito de las llamadas telefónicas sino el de darles a uno de ellos la oportunidad de echar el veneno en el brandy? Gwenda y Giles se estaban acercando demasiado a la verdad. ¿Podía ser que una tercera persona entrara en la casa por la puerta acristalada de la sala mientras ella y Giles se encontraban en la casa del doctor Kennedy esperando la llegada de Lily Kimble? ¿Una tercera persona que había hecho las llamadas para desviar las sospechas hacia los otros dos?

Pero la presencia de una tercera persona, pensó Gwenda, no tenía sentido. Porque entonces solo habría llamado a uno de los dos hombres. En cualquier caso, ¿quién podía ser la tercera persona? Erskine no se había movido de Northumberland. No. Walter Fane había llamado a Afflick y simulado que también le habían llamado a él, si no había sido a la inversa. Tenía que ser uno de los dos, y la policía, que era mucho más inteligente y tenía más recursos que Giles y ella, acabaría por averiguar quién había sido. Mientras tanto, los dos sospechosos estarían sometidos a una vigilancia discreta. No podrían volver a intentarlo.

Gwenda se estremeció una vez más. Resultaba difícil hacerse a la idea de que alguien había intentado matarla. «Todo esto es muy peligroso», les había advertido Miss Marple muy al principio. Pero ninguno de los dos se lo había tomado muy en serio. Ni siquiera después del asesinato de Lily Kimble se le había pasado por la cabeza que alguien trataría de asesinarlos solo porque se habían acercado demasiado a la verdad de lo ocurrido dieciocho años atrás, porque estaban a punto de dilucidar lo ocurrido y descubrir el nombre del autor de los hechos.

Walter Fane y Jackie Afflick. ¿Cuál de los dos?

Gwenda cerró los ojos mientras analizaba los hechos desde la perspectiva de los últimos acontecimientos.

El discreto Walter Fane, sentado en su despacho, la araña pálida en el centro de la red. Tan discreto, tan inofensivo... Una casa con las persianas cerradas. Un muerto en la casa. Alguien que había fallecido hacía dieciocho años, pero que seguía allí. Qué siniestro le parecía ahora Walter Fane, el hombre que había intentado asesinar a su propio hermano, el hombre al que Helen había rechazado con desprecio en dos ocasiones: una aquí y otra en la India. Un rechazo por partida doble. Una ignominia reiterada dos veces. Walter Fane, tan callado, tan falto de emociones, que quizá solo podía expresarse a través de una súbita violencia asesina.

Gwenda abrió los ojos. Estaba muy claro que Walter Fane era el culpable, ¿no?

Solo para no pecar de injusta consideraría la presunta culpabilidad de Afflick, pero esta vez no necesitaba cerrar los ojos.

El traje de cuadros, su actitud dominante, todo lo opuesto a Walter Fane, no había nada discreto o reprimido en Afflick. Pero lo más probable era que se comportara así por un complejo de inferioridad. Los expertos decían que era así como funcionaba ese tipo de personas. Si no estabas seguro de ti mismo, tenías que presumir, reafirmarte en tu personalidad e imponerte a los demás. Helen lo había rechazado porque no era lo bastante bueno para ella. El rechazo había sido como una llaga abierta, decidida a infectarse. Manía persecutoria. Todo el mundo estaba en su contra. Lo habían echado del trabajo por una acusación falsa hecha por «un enemigo». Sin duda, eso era suficiente para demostrar que Afflick no era normal, y qué poderoso se sentiría un hombre así al quitarle la vida a un semejante. Su rostro bonachón y jovial era en realidad un rostro cruel. Era un hombre cruel, y su esposa, tan pálida y delgada, lo sabía y le tenía miedo. Lily Kimble lo había amenazado y ahora estaba muerta. Gwenda y Giles habían interferido en sus planes. Por lo tanto, Gwenda y Giles debían morir y, de paso, aprovecharía para implicar a Walter Fane, para vengarse. Todo encajaba a la perfección.

Gwenda salió de su ensimismamiento y volvió a las cosas prácticas. Giles no tardaría en llegar y querría tomar el té. Tenía que recoger la mesa y lavar los platos.

Cogió una bandeja y se llevó los vasos y platos sucios a la cocina, que estaba impecable. Mrs. Cocker era un tesoro.

Junto al fregadero había un par de guantes de cirujano. Eran los que usaba Mrs. Cocker para fregar. Su sobrina, que trabajaba en el hospital, se los conseguía a un precio rebajado. Gwenda se los puso, valía la pena cuidarse las manos. Fregó los platos y los puso en el escurridor. Luego, secó todo lo demás y lo guardó en su lugar.

A continuación, inmersa en sus pensamientos, subió la escalera. Ya que estaba, se dijo, aprovecharía para lavar las medias y un par de enaguas. No se quitó los guantes.

Todas estas cosas estaban en primer plano, pero en alguna parte, por debajo, había algo que la incomodaba.

Walter Fane o Jackie Afflick. Uno u otro. Tenía motivos para sospechar de ambos. Quizá era esto lo que la preocupaba. Porque hubiese sido mucho más satisfactorio sospechar tan solo de uno de los dos. A estas alturas debería estar segura de cuál de ellos era el culpable, pero no lo estaba.

Si hubiera alguien más... Pero no había nadie más,

porque Richard Erskine estaba fuera del caso. Erskine se encontraba en Northumberland cuando habían asesinado a Lily Kimble y habían envenenado el brandy. Sí, Richard Erskine estaba fuera del caso.

Se alegraba de que fuera así, porque le gustaba Erskine. Era un hombre atractivo, muy atractivo. Qué triste resultaba verlo casado con una arpía de ojos suspicaces y voz gruesa. La voz de un hombre...

La voz de un hombre...

La idea pasó por su mente como un destello que le produjo un siniestro presentimiento.

La voz de un hombre. ¿Podía ser que hubiera sido Mrs. Erskine, y no su marido, la persona que había atendido anoche la llamada de Giles?

No, no, era imposible. Por supuesto que no. Ella y Giles se hubieran dado cuenta y, en cualquier caso, Mrs. Erskine no podía saber quién llamaba. Por supuesto que había sido Erskine quien atendió la llamada y no su esposa, porque, como él había dicho, estaba de viaje.

Estaba de viaje...

Sin duda..., no, era imposible. ¿Podía haber sido Mrs. Erskine? ¿Mrs. Erskine empujada por los celos? ¿Lily Kimble le había escrito a Mrs. Erskine? ¿Léonie había visto a una mujer en el jardín cuando había mirado a través de la ventana de la habitación de los niños?

Sonó un ruido en el vestíbulo. Alguien había entrado en la casa.

Gwenda salió del baño y se dirigió al rellano para mirar desde la balaustrada. Se tranquilizó al ver que se trataba del doctor Kennedy.

—¡Estoy aquí! —gritó.

Se miró las manos cubiertas con los guantes: mojados,

resplandecientes, con un extraño color gris rosáceo. Le recordaban algo...

Kennedy miró hacia arriba, protegiéndose los ojos.

—¿Es usted, Gwennie? No puedo verle el rostro. Estoy deslumbrado.

Gwenda escuchó la voz en el vestíbulo, se miró las manos enfundadas en los guantes, que les daban un aspecto de zarpas de mono, y soltó un chillido.

—¡Fue usted! —exclamó con voz ahogada—. Usted la mató. Usted asesinó a Helen. Acabo de darme cuenta. Usted es el asesino.

El doctor Kennedy subió la escalera, sin prisa pero inexorable, sin desviar la mirada ni por un instante.

—¿Por qué no me dejó en paz? —preguntó Kennedy—. ¿Por qué se ha entrometido? ¿Por qué la ha vuelto a traer al presente? Precisamente cuando comenzaba a olvidar. Usted la ha traído al presente. Helen, mi querida Helen. Usted lo ha revivido todo. Tuve que matar a Lily y ahora tendré que matarla a usted, igual que maté a Helen. Sí, yo maté a Helen.

El hombre estaba cada vez más cerca. Gwenda vio las manos que buscaban su garganta. Se fijó en el rostro amable, que mantenía la misma expresión de siempre. En cambio, la mirada de sus ojos era ahora la de un loco.

Gwenda retrocedió lentamente. Había gritado una vez, pero ahora no podía volver a hacerlo. El terror la había dejado sin voz, y, si no gritaba, nadie acudiría en su ayuda.

Claro que no había nadie en la casa. Ni Giles ni Mrs. Cocker. Ni siquiera estaba Miss Marple en el jardín. Nadie. Y la casa más cercana estaba demasiado lejos como para que alguien oyera sus gritos. En cualquier caso, no podía chillar porque estaba demasiado asustada. Aquellas manos la aterrorizaban.

Quizá conseguiría llegar a la habitación de los niños, pero una vez allí no tendría escapatoria. Las manos de aquel loco le oprimirían la garganta...

Un gemido ahogado escapó de sus labios...

Entonces, repentinamente, el doctor Kennedy se detuvo y retrocedió de un salto cuando un chorro de líquido herbicida le dio en los ojos. Se llevó las manos a los ojos mientras aullaba de dolor.

—Es una suerte —comentó Miss Marple casi sin aliento, después de haber subido la escalera a toda prisa— que estuviera en el jardín rociando los rosales para acabar con el pulgón verde.

Capítulo 25

Epílogo en Torquay

Miss Marple, Gwenda y Giles estaban sentados en la terraza del hotel Imperial de Torquay. Miss Marple había propuesto un cambio de aires y, después de obtener el consentimiento del inspector Primer, habían ido paseando hasta Torquay.

—Por supuesto, querida Gwenda, que nunca se me hubiera ocurrido marcharme y dejarla sola en la casa —afirmó Miss Marple—. Sabía que rondaba una persona muy peligrosa, y por eso mantuve una guardia discreta desde el jardín.

—¿Usted sabía que él era el asesino? —preguntó la joven.

—Me pareció el más indicado, querida, aunque no tenía ninguna prueba para justificar mis sospechas. Solo unos indicios, nada más.

—Ni siquiera se me ocurren cuáles eran —repuso Giles intrigado.

—Giles, por favor, piense. Lo primero es que estaba en el lugar del crimen.

—¿En el lugar del crimen?

—Por supuesto. Cuando Kelvin Halliday fue a verlo, él acababa de regresar del hospital. Recuerde que, como nos dijeron varias personas, en aquel tiempo el hospital estaba junto a Hillside, o St. Catherine's, como se llamaba entonces. Eso le sitúa en el lugar correcto a la hora correcta. Además, había un centenar de pequeños detalles muy importantes. Helen Halliday le dijo a Richard Erskine que se casaría con Walter Fane porque no era feliz en su casa. Se refería a que no era feliz con su hermano. Sin embargo, sabemos que este la quería con locura. Entonces, ¿por qué no era feliz? Mr. Afflick les dijo a ustedes que «la muchacha le había dado lástima». Creo que no mentía. Le inspiraba lástima. ¿Por qué tenía que encontrarse con el joven Afflick a escondidas? De acuerdo que no estaba enamorada del muchacho. ¿Era porque no podía salir con los jóvenes de una manera normal como cualquier otra muchacha? Su hermano era «estricto» y «anticuado».

—Estaba loco. —Gwenda se estremeció—. Loco de atar.

—Sí —admitió Miss Marple—. No era normal. Adoraba a su hermanastra y su afecto se convirtió en una obsesión malsana. Esas cosas ocurren con más frecuencia de lo que se cree. Los padres que no quieren que sus hijas se casen o traten con jóvenes. Sospeché algo así cuando me enteré del destrozo de la red de tenis.

—¿La red de tenis?

—Sí, a mí eso me pareció muy significativo. Piensen en aquella muchacha, la joven Helen, que regresa a casa después de acabar la escuela y está ansiosa por disfrutar de todo lo que espera de la vida una muchacha, ansiosa por conocer a jóvenes, por flirtear con ellos.

—Digamos que un tanto loca por el sexo.

—Nada de eso —replicó Miss Marple con mucha energía—. Eso fue una de las cosas más perversas de este crimen. El doctor Kennedy no la mató solo físicamente. Si hacen un poco de memoria, verán que el único testimonio de que Helen Kennedy iba detrás del primer hombre que se cruzaba en su camino, ¿cuál fue la palabra que usted empleó, querida, ninfómana?, lo obtuvimos del propio doctor Kennedy. Creo que ella era una muchacha por completo normal que quería divertirse, pasarlo bien, coquetear un poco antes de casarse con el hombre de su elección, y nada más. Piensen en las cosas que hizo su hermano. Primero, era muy estricto y anticuado respecto a la libertad de la que podía disfrutar Helen. Después, cuando ella quiso tener una pista de tenis para jugar con sus amigos, un deseo muy normal e inocente, él simuló aceptar, pero después destrozó la red, una acción muy significativa y malvada. A continuación, como ella podía ir a jugar al tenis a otras pistas o asistir a los bailes, se aprovechó del accidente que sufrió Helen para infectarle la herida y conseguir que no cicatrizara. Sí, creo que llegó a semejantes extremos.

»Claro que Helen no se daba cuenta de todo esto. Sabía que su hermano la quería mucho y no creo que supiera por qué se encontraba inquieta y desgraciada en su casa. Pero se sentía así y decidió viajar a la India y casarse con el joven Fane solo para alejarse. ¿Alejarse de qué? No lo sabía. Era demasiado joven e inocente para saberlo. Así que se marchó a la India y, en el viaje, conoció a Richard Erskine y se enamoró. Una vez más no se comportó como una descarada, sino como una muchacha honrada. No insistió en que él abandonara a su esposa. Le pidió que no lo hiciera. Pero cuando se encontró con Walter Fane, comprendió que no podía casarse con él. Como no sabía qué podía hacer, apeló a su hermano a fin de que le enviara dinero para el pasaje de regreso.

»En el barco conoció a Kelvin Halliday y se le presentó otra oportunidad para escapar de la opresión hogareña. Esta vez las perspectivas de ser feliz parecían muy prometedoras.

»Helen no se casó con Kelvin, Gwenda, con falsos pretextos. Él se estaba recuperando de la muerte de su esposa y ella tenía que superar un idilio desgraciado. Se podían ayudar mutuamente. Considero muy significativo el hecho de que se casaran en Londres antes de ir a Dillmouth para darle la noticia al doctor Kennedy. El instinto los avisó de que sería más prudente hacerlo en Londres y no casarse en Dillmouth, que hubiese sido lo normal. No obstante, creo que ella no sabía a lo que se enfrentaba, pero estaba inquieta y se sintió más segura al presentarse a su hermano con el casamiento como un *fait accompli*.

»Kelvin Halliday se hizo muy amigo de Kennedy. Le caía bien, aparte de que su cuñado se esforzó todo lo que pudo para demostrar su satisfacción por la boda de su hermana. El matrimonio decidió alquilar una casa amueblada.

»Ahora llegamos a otro hecho muy significativo: la idea de Kelvin de que su esposa lo drogaba. Únicamente hay dos explicaciones posibles, porque solo hay dos personas que tenían la oportunidad de hacerlo. Si Helen Halliday drogaba a su marido, cabe preguntarse la razón. Si no era ella, entonces las drogas se las tenía que administrar el doctor Kennedy. Sabemos que Kennedy era el médico de Halliday, quien confiaba en la capacidad profesional de su cuñado. Y la sugerencia de que la esposa lo estaba drogando partió de Kennedy.

—¿Es posible que exista una droga capaz de producir en el hombre la alucinación de que ha estrangulado a su esposa? —preguntó Giles—. Quiero decir que no hay ninguna droga capaz de producir ese efecto, ¿verdad?

—Mi querido Giles, ha caído en la trampa una vez más, la trampa de creer en lo que le dicen. Solo tenemos la palabra del doctor Kennedy sobre la alucinación de su cuñado. Halliday no la menciona en su diario. Tenía alucinaciones, pero no especifica su naturaleza. Me atrevería a decir que Kennedy le habló de hombres que habían estrangulado a sus esposas después de pasar por una fase como la que vivía Halliday.

—El doctor Kennedy es muy perverso —opinó Gwenda.

—Creo que, en aquel entonces, ya estaba completamente loco y la pobre Helen comenzaba a darse cuenta. Sin duda, hablaba con su hermano el día que Lily oyó la conversación en la sala. «Creo que siempre te he tenido miedo», le dijo ella, algo muy significativo. En consecuencia, decidió abandonar Dillmouth. Convenció a su marido para que comprara una casa en Norfolk, y le pidió que no se lo dijera a nadie.

»Su voluntad de mantenerlo en secreto es muy reveladora. Tenía miedo de que alguien se enterara, pero eso no encajaba con la teoría de que la persona que le inspiraba tanto miedo fuera Walter Fane, Jackie Afflick o Richard Erskine. No, apuntaba a alguien mucho más cercano. Al final, Kelvin Halliday, harto de mantener un secreto que le irritaba y consideraba innecesario, se lo dijo a su cuñado.

»Al hacerlo, selló su propio destino y el de su esposa. Kennedy no estaba dispuesto a permitir que Helen se marchara y fuera feliz con su marido. Creo que su primera intención fue la de quebrantar la salud de Halliday con las drogas. Pero, al enterarse de que su víctima y Helen estaban a punto de escapar de sus garras, perdió la cabeza. Salió del hospital provisto de un par de guantes de cirujano y cruzó el jardín de St. Catherine's. Encontró a Helen en el vestíbulo y la estranguló. No había nadie más, ningún testigo, o al menos eso fue lo que creyó. Y así, atormentado por el amor y la furia, recitó aquella frase trágica tan apropiada para la ocasión.

Miss Marple exhaló un suspiro y después chasqueó la lengua.

—Fui una estúpida. Todos nos comportamos como unos verdaderos estúpidos. Tendríamos que habernos dado cuenta en el acto. Aquellas palabras de *La duquesa de Malfi* eran la clave de todo el asunto. Las dice el hermano que acaba de matar a su hermana para vengarse de su matrimonio con el hombre amado. Sí, fuimos unos estúpidos.

—¿Qué pasó después? —preguntó Giles.

—Siguió adelante con su diabólico plan. Llevó el cadáver al dormitorio. Hizo la maleta. Escribió una nota y la tiró a la papelera para convencer a Halliday.

—¿No hubiese sido más ventajoso desde su punto de vista que condenaran a mi padre por el asesinato de Helen? —señaló Gwenda.

—Oh, no, no podía correr ese riesgo. —Miss Marple negó con la cabeza—. Kennedy tenía el sentido común de todos los escoceses. Sentía un sano respeto por la policía. La policía necesita convencerse de muchas cosas antes de creer que un hombre es culpable de asesinato. Podrían hacerle un montón de preguntas molestas y querrían verificar lugares y horas. No, su plan era mucho más sencillo y mucho más diabólico. Solo tenía que convencer a Halliday. Primero, de que había matado a su esposa y, segundo, de que estaba loco. Persuadió a Halliday para que ingresara en una clínica psiquiátrica, pero no creo que quisiera convencerlo de que se había tratado de una alucinación. Me parece, Gwenda, que su padre aceptó dicha teoría solo para beneficiarla a usted. Continuó convencido de que había matado a Helen hasta el día en que se suicidó.

—¡Perverso, perverso, perverso! —exclamó Gwenda.

—Sí. No hay otra palabra para expresarlo mejor, y creo que por eso usted recordó el episodio con tanta claridad. Aquella noche la maldad flotaba en el aire.

—¿Qué me dice de las cartas? —preguntó Giles—. Las cartas de Helen. Están escritas de su puño y letra, así que es imposible que sean falsas.

—¡Por supuesto que eran falsas! Pero es aquí donde Kennedy se pasó de listo. Quería detener como fuera la investigación que estaban haciendo ustedes. Es probable que pudiera imitar bastante bien la caligrafía de Helen, pero no lo bastante como para engañar a un experto. Así que la muestra de la escritura de Helen que le envió con la carta tampoco era la letra de ella. La escribió él y, por lo tanto, es lógico que coincidiera.

—Vaya, nunca se me hubiera ocurrido —afirmó Giles.

—No, porque usted creyó lo que él le dijo. Es muy peligroso confiar en lo que dice la gente. Hace años que no creo a nadie.

—¿Cómo explica lo del brandy?

—Lo hizo el día que vino a Hillside con la carta de Helen y habló conmigo en el jardín. Esperó en la sala mientras Mrs. Cocker salía para avisarme de la visita. Solo tardaría un minuto.

—¡Dios nos libre! —exclamó Giles—. Pensar que insistió en que trajera a Gwenda a casa y le sirviera una copa de brandy mientras estábamos en la comisaría después del asesinato de Lily Kimble... ¿Cómo se las arregló para encontrarse con ella más temprano?

—Eso fue muy sencillo. En la carta original que le envió le decía que se encontrarían en Woodleigh Camp y que debía tomar el tren a Matchings Halt que salía a las dos y cinco del intercambiador de Dillmouth. La esperó en el bosquecillo, se acercó a ella cuando subía por el sendero y la estranguló. A continuación no tuvo más que sustituir la carta original, que le había pedido que trajera porque llevaba las indicaciones para llegar a su casa, por la otra que vieron ustedes. Después regresó a su casa para esperarlos a ustedes y montar toda aquella comedia.

—¿Pero Lily representaba una amenaza para Kennedy? Por lo que escribió en su carta, sus sospechas parecían recaer en Afflick.

—Quizá. Pero Léonie, la muchacha suiza, había hablado con Lily, y Léonie era una amenaza para Kennedy. Había mirado a través de la ventana de la habitación de los niños y le había visto cavar en el jardín. Habló con ella por la mañana, le dijo que el comandante Halliday había matado a su esposa, que estaba loco y que él intentaba ocultarlo todo por el bien de la niña. Pero si Léonie creía que su deber era acudir a la policía, debía hacerlo y atenerse a las consecuencias, que, desde luego, serían muy desagradables.

»Léonie se espantó cuando le habló de la policía. Ella la quería a usted con locura y creía que *monsieur le docteur* la aconsejaba con su mejor buena fe. Kennedy le dio una buena gratificación y la mandó de regreso a Suiza. Pero, antes de marcharse, Léonie le insinuó algo a Lily sobre que Mr. Halliday había asesinado a su esposa y que había visto cómo enterraban el cadáver. Eso encajaba con las ideas que tenía Lily en aquel momento. Dio por sentado que Léonie había visto que Kelvin Halliday cavaba una tumba.

—Pero Kennedy no podía saberlo —señaló Gwenda.

—Por supuesto que no. Cuando recibió la carta de Lily, se asustó al descubrir que Léonie le había dicho a Lily lo que había visto a través de la ventana y que le había mencionado el coche aparcado en la carretera.

—¿El coche? ¿El coche de Jackie Afflick?

—Otro malentendido. Lily recordaba, o creía recordar, un coche como el de Jackie Afflick aparcado en la carretera. En su imaginación, no hacía más que darle vueltas al tema del hombre misterioso que había venido a visitar a Mrs. Halliday. Con el hospital al otro lado del jardín, es lógico suponer que muchos coches aparcaban en la carretera. Pero deben ustedes recordar que aquella noche el automóvil del doctor estaba aparcado delante del hospital, y él sacó la conclusión de que Lily se refería al suyo. El hecho de que lo describiera como un cochazo no tenía para él ningún sentido.

—Es obvio que, para una conciencia culpable —dijo Giles—, la carta de Lily tuvo que parecer un claro intento de chantaje. ¿Cómo se enteró usted de todo lo referente a Léonie?

—Se desmoronó —respondió Miss Marple con una expresión grave—. Cuando los agentes que había dejado el inspector Primer entraron en la casa y lo arrestaron, confesó el crimen una y otra vez, todo lo que había hecho. Al parecer, Léonie murió a poco de su regreso a Suiza. Una sobredosis de somníferos. Kennedy no quiso correr ningún riesgo innecesario.

—¿Como su intento de envenenarme con el brandy?

—Ustedes dos representaban un gran peligro. Por suerte, Gwenda, usted no le mencionó sus recuerdos de Helen muerta en el vestíbulo. Nunca se enteró de que había un testigo.

—¿Fue él la persona que llamó a Fane y Afflick? —preguntó Giles.

—Sí. Si se investigaba quién había echado el veneno en el brandy, cualquiera de los dos hubiese sido sospechoso de un asesinato, y si Jackie Afflick se presentaba solo con su coche, también se le hubiera podido relacionar con la muerte de Lily Kimble. Lo más probable es que Fane tuviera una coartada.

—Pensar que siempre se mostraba tan amable conmigo... Me llamaba Gwennie.

—Tenía que interpretar su papel —afirmó Miss Marple—. Imagínese lo que significaba para él. Después de dieciocho años, usted y Giles se presentan aquí, hacen preguntas, escarban en el pasado, despiertan un asesinato que parecía enterrado, pero que solo estaba dormido. Un asesinato en retrospectiva. Algo terriblemente peligroso, amigos míos. Me causó una profunda preocupación.

—Pobre Mrs. Cocker —dijo Gwenda—. Se salvó por los pelos. Me alegro de que esté recuperada. ¿Crees que querrá volver con nosotros, Giles, después de todo esto?

—Vendrá si hay alguien en la habitación de los niños —contestó Giles en un tono grave.

Gwenda se ruborizó, y Miss Marple disimuló una sonrisa mientras admiraba el panorama.

—Es muy extraño que ocurriera de ese modo —comentó Gwenda—: que yo tuviera los guantes puestos y que, mientras me los miraba, él entrara en el vestíbulo y repitiera las mismas palabras de la vez anterior. «Rostro» y después «deslumbrado». —Se estremeció—. «Cubre su rostro. Estoy deslumbrado. Ella murió joven.» Podría haber sido yo si Miss Marple no hubiese estado allí. —Hizo una pausa y después añadió en voz baja—: Pobre Helen, pobre y bella Helen, que murió tan joven. ¿Sabes, Giles?, ella ya no está allí, en la casa, en el vestíbulo. Lo sentí ayer antes de marcharnos. Solo está la casa, ahora en paz. Podemos volver cuando queramos.

DESCUBRE LOS CLÁSICOS DE
Agatha Christie®

www.coleccionagathachristie.com